AF143215

POUR UNE COLLECTIVITE EQUITABLE

Deuxième partie :

OUTILS ET RÉSULTATS

L'objet de cet ouvrage est de proposer une architecture de fonctionnement social afin d'ouvrir la réflexion et la discussion pour une Collectivité équitable.

TABLE DES MATIÈRES

INTRODUCTION

Rappel :

Le cheminement social qui a abouti à la mise en place et le fonctionnement de la Collectivité est l'objet de :

« Pour une Collectivité équitable - Première partie : La base ».

****

Cette année :

LA COLLECTIVITÉ FÊTE SES 10 ANS

Comment vit-on dans la Collectivité pleinement établie, après dix ans de fonctionnement ?

M. et Mme Lambda s'entretiennent des manifestions en cours, à savoir les réunions et comptes rendus relatifs au dixième anniversaire de l'instauration totale et effective de la Collectivité, qui s'échelonnent tout au long de cette année.

Elle : « Déjà dix ans, dix ans que nous vivons dans ce nouvel équilibre social, et j'en ai presque oublié l'ancien. »

Lui : « Moi aussi.

La coexistence des domaines public et privé respecte notre objectif d'équité, de justice et de liberté. »

Elle : « La Collectivité a pris à bras le corps les problèmes de fond que connaissait l'ancien système, ouvrant les yeux sur les évidences que nous masquaient tant d'acquis et de fonctionnements fallacieux.

Elle leur a trouvé des solutions justes et équitables.

Tout ne tenait que sur quelques points ! »

Lui : « Notre vie s'est transformée de manière si naturelle qu'il me semble que cela a toujours été, pourtant, **entre tant d'autres** :

- **Fini la précarité**, les nécessiteux, les sans-abris, le chômage, les formes de dictatures qu'exerçaient la richesse, les élus, les partis, sur les légions de victimes d'un système qui dévorait les plus faibles pour nourrir les désirs de richesses et de pouvoirs de quelques-uns. »

- **Fini l'utilisation des énergies et ressources fossiles**, cause de tant de conséquences fâcheuses, dramatiques !, au profit de meilleurs résultats, respectueux de l'environnement. »

- **Fini la dictature de l'énergie**, sous de faux prétextes, entretenus alors qu'il y avait des solutions totales depuis des décennies. »

Elle : « Oui, comme pour tant d'autres choses, fondamentales ou non.

- **Fini les « partis politiques »**, les « périodes électorales », et tout ce qui va avec, comme leurs financements, essentiellement à la charge du Peuple qui ne peut qu'élire des dirigeants comme on élirait des patrons qui ne feront ensuite que ce qu'ils décideront. Finie l'injustice des moyens entre les postulants, les charges de la logistique inéquitable, …

Fini tout ça au profit d'une gestion collégiale prenant chacun en compte de la même manière, où chacun peut proposer comme tout autre, … (Voir ; « Pour une Collectivité équitable - Première partie : La base ».

Lui :   Les composantes de la Collectivité, formes de groupes sociaux, sont représentées par des Collèges élus qui ont reçu un **mandat impératif**. Collèges élus par ceux qu'ils représentent, pouvant aussi être prolongés ou destitués à tout moment suivant la procédure collégiale, rapide, telle qu'expliquée dans « Pour une Collectivité équitable - Première partie : La base ».

Elle :   « Et **les salaires, les prix** …, sachant que les **ECC (Entreprises Coopératives Collectives)** sont présentes dans tous les domaines de production de biens ou de services relatifs aux besoins fondamentaux ou primaires, et en mesure de fournir du   travail à tout Citoyen. »

Lui :   « Toute personne ayant des notions d'économie générale sait que les prix ne cessent   de   baisser depuis que les échanges existent alors que l'acheteur, sur l'étiquette, constatait presque toujours le contraire.
Je parle des prix de revient, du coût réel des choses. »

Elle :   « Explique-toi mieux, s'il te plaît. »

Lui :   « **Le Bien Commun**, c'est-à-dire le patrimoine matériel ou immatériel de l'Humanité ne cesse de s'accroître.

De ce fait, ce que nous produisons aujourd'hui profite de tout ce que l'Humanité a découvert, connaissances et savoir-faire, tout ce qui a été créé et adapté, depuis que l'humanité existe. »

Elle : « En effet, fabriquer une voiture, est le fruit de centaines de milliers d'années d'évolution, de travail, d'expériences et de savoir-faire. »

Lui : « Ceux qui, aujourd'hui, fabriquent une voiture bénéficient gratuitement de ce Bien Commun. »

Elle : « Et pourtant, hors quelques innovations qui leur ont demandé du travail et des coûts, ils revendaient toujours plus cher la part que leur offre le Bien Commun. »

Lui : « Sachant que la valeur réelle correspond à une quantité de travail, que la richesse intrinsèque du Bien Commun, patrimoine de l'Humanité, donc de tout un chacun, ne cesse d'augmenter, et que les prix correspondants ne cessaient aussi d'augmenter, comment l'expliquer, sinon par la répartition, une appropriation abusive de la richesse commune par une infime minorité au dépend, par l'exploitation de tout autre ? »

Elle : « **Le problème de la répartition** amenait à des formes de diktats, souvent sournois, de manipulations, d'autorité sur le peuple, incarnés par les dirigeants. »

Lui : « États, partis, Chefs, Chefs d'État, …

Pays, frontières, Patrie, honneur … »

Elle : « Pouvoir, pognon, dominances, guerres … »

Lui : « Les populations s'habituent, s'habituent à un fonctionnement établi sans le remettre en question.
Leurs seules préoccupations concernent ce qu'on peut ou ne peut pas faire en fonction de ce fonctionnement, comment s'en accommoder en l'utilisant. »

Elle : « Tu me fais penser à ce texte extrait du livre « Quelques écrits » de Adhémar Schwitzguébel, préfacé par James Guillaume, paru en 1908, « Manifeste adressé aux ouvriers de vallon de Saint-Imier », chapitre I :

« Une fois la société divisée en deux classes, l'exploitation de l'homme par l'homme devint une loi sociale, et toutes les institutions que l'on établit en vue de protéger l'ordre social aboutirent à consolider un état de choses qui, faux par sa base, n'était que le résultat d'une grande iniquité.

Les révolutions que nous voyons apparaître à travers l'histoire de l'humanité, comme autant de protestations du droit naturel contre le fait du despotisme, n'ont guère changé que les mots : l'esclave est devenu le serf; le serf, salarié ;

C'est que, dans un édifice reposant sur des fondements mauvais, il ne suffit pas de réparer le sommet pour tout améliorer, il faut s'attaquer à la base elle-même. »

Tout est là, pour changer une mécanique qui ne convient pas, il faut la reconstruire depuis ses plus profonds fondements. »

Lui : « Les choses semblaient changer, mais ce n'était qu'une illusion, seules changeaient les apparences.

Au XVème siècle, époque de la Renaissance et du roi de France Henri II, Étienne de La Boétie, considéré par beaucoup comme un précurseur intellectuel de l'anarchisme et du libéralisme, sûrement le premier théoricien politique des temps modernes, exposait que :

Tout État repose sur le consentement et la reconnaissance de sa légitimité par la majorité exploitée, que le problème n'est plus de gouverner mais d'entretenir l'illusion du pouvoir.

De plus, Étienne de La Boétie, à seulement dix-huit ans, en 1549, a écrit dans « Discours de la servitude volontaire » :

« Il est incroyable de voir comme le peuple, dès qu'il est assujetti, tombe soudain dans un si profond oubli de sa liberté, qu'il lui est impossible de se réveiller pour la reconquérir : il sert si bien, et si volontiers, qu'on dirait à le voir qu'il n'a pas seulement perdu sa liberté, mais bien gagné sa servitude. » »

Elle : « Il y a dix ans cette année, le Peuple de la Collectivité s'est réveillé !

Il s'est pris en main et, sans violence, a imposé sa légitimité, sa souveraineté dans la gestion du pays.

Le germe de la Collectivité s'est alors développé, organisé, structuré (Voir « Pour une Collectivité équitable - Première partie : La base »). »

Lui : « Une fois les axes de fonctionnement effectifs, tous les Citoyens, le Peuple, a librement discuté, débattu, voté, décidé, …, et les choses se sont misent en place dans la plus grande sérénité, tenant compte des positions de chacun, et rien n'est figé. »

Elle : « Une forme d'harmonie s'est installée, harmonie dans nos relations, décisions, le respect des intervenants, du Peuple et des engagements pris ; une forme d'harmonie avec l'alentour, le respect du monde dont nous faisons partie, l'écologie, notre façon de vivre. »

Lui : « L'acceptation des différences dans le respect et l'équité où chacun est un élément important de la Collectivité grâce à ses particularités.

Ceci est devenu possible avec la nouvelle organisation sociale. »

Elle : « Oui. **Une organisation sociale est indispensable à** toute **société**.

Aujourd'hui, quand j'y repense, je ne comprends pas comment il était possible pour le Peuple, considéré dans son ensemble, que la pensée ne pouvait même pas concevoir que les choses puissent exister autrement que dans le schéma de fonctionnement établi ;

Que la pensée ne pouvait même pas concevoir qu'on puisse changer de système plutôt que de complexifier celui existant en ne cessant d'en accroître les dysfonctionnements, du moins pour le Peuple. »

Lui : « L'inconnu fait peur. »

Elle : « Pourtant certains montraient des voies, avançaient des idées, tentaient d'ouvrir des portes, …,

Vouloir soigner des causes plutôt que de ne s'intéresser qu'aux conséquences en multipliant les exceptions, …, au profit de … »

Lui : « Mais ils n'étaient pas écoutés, pas compris, censurés, occultés d'une manière ou d'une autre par ceux qu'ils inquiétaient et avaient le pouvoir. Ils passaient, inaperçus. »

Elle : « Et on continuait de mettre des emplâtres sur des jambes de bois. »

Lui : « En appelant solutions ce qui, souvent, se nommait manipulations.

Heureusement, un jour la coupe fut pleine et le Peuple sema le germe de notre Collectivité. »

Elle : « Une fois les bases instaurées et fonctionnelles (Voir : Pour une collectivité équitable - Première partie : La base »), les choses se sont installées d'elles-mêmes, comme si le bon sens faisait tâche d'huile. »

Lui : « Le changement a entraîné les changements, et comme les pièces éparpillées d'un puzzle, les éléments se sont organisés, assemblés de façon cohérente. »

Elle : « La justice et l'équité, devenues possibles, ont tout de suite été embrassées par le plus grand nombre. »

Lui : « Et l'état de fait à prévalu sur la forme d'oppression qu'exerçait, aussi masquée et sournoise que possible, l'emprise du capital et des « bourgeois » sur les « prolétaires. »

Elle : « Oui, en cette dixième année d'instauration totale et effective de la Collectivité, le Journal Collégial revient chaque semaine en détail sur ces événements, ces évolutions.

Il nous rappelle, cette semaine, que dès l'instauration pleinement effective du Système Collectif, les débats des Collèges se sont globalement concentrés sur deux larges secteurs :

- Les axes structurels de la Collectivité.

- Les axes citoyens de la Collectivité. »

Lui : « Et puis, la centralisation de tous les financements de la Collectivité sur une seule source, la gestion du Bien Commun, a été une extrême simplification supprimant la multitude de caisses qui existaient dans l'ancien système, aux gestions et affectations parfois fortement opaques, et qui ne communiquaient souvent pas entre elles .

De même, la globalisation des interventions et des démarches pour chaque Citoyen auprès du Service Collectif (Voir : « Pour une collectivité équitable - Première partie : La base ») a entraîné une extrême simplification du fonctionnement administratif. »

Elle : « Oui, la centralisation générale de l'information administrative a été un immense pas vers une gestion apaisée et une baisse, toute aussi importante, des dépenses publiques, avec une bien meilleure utilisation des fonds publics en faveur des Citoyens. »

Lui : « Je ne comprends pas qu'on ait attendu aussi longtemps pour réformer l'extrême complexité de fonctionnement de l'ancien système, complexité qui ne cessait d'entraver son bon fonctionnement. »

Elle : « Peut-être, sans doute, parce que cela permettait une manipulation du peuple pour le plus grand profit de décideurs qui n'en portaient, le plus souvent, pas le nom. »

Lui : « Revenons-en à l'article principal du Journal Collégial de cette semaine. »

AXES STRUCTURELS DE LA COLLECTIVITÉ

LES ABERRATIONS RÉPARÉES

Dans sa recherche de justice humaine et d'équité, de simplification ainsi que de suppression de l'hypocrisie sociale et des faux-problèmes, surtout lorsqu'ils avaient pour but d'exploiter le Peuple, la Collectivité a ouvert de nombreux débats qui ont porté leurs fruits.

La première démarche a été de remettre en question les principes considérés par l'ancien système comme non discutables, sur lesquels s'appuyaient les évolutions.

Il s'en est suivi des réflexions qui ont, soit confirmé le bien-fondé de certains principes, soit ouvert sur de nouveaux horizons, de nouvelles façons de penser, d'envisager ou d'effectuer les choses.

Les débats d'un des premiers Ordre du Jour Collectif, diffusés, comme toujours, par les médias collectifs, concernait :

LA DETTE PUBLIQUE

La dette publique est l'ensemble des engagements financiers pris sous forme d'emprunt par un État.

La dette publique contractée par l'ancien système de gestion du Territoire Collectif actuel était, à la naissance de la Collectivité, énorme par rapport aux capacités de remboursement, à savoir de 99% du P.I.B. (Produit Intérieur Brut), en augmentation quasi-constante depuis des décennies.

Le P.I.B. étant la somme des recettes dont dispose la société, avec une dette égale à 99% du P.I.B., l'ancien système était quasiment en défaut de paiement, en faillite, entraînant une perte relative de sa souveraineté.

L'assainissement des finances, la nouvelle gestion du tissu économique collectif, a permis de réduire considérablement la dette publique en quelques années, et **celle-ci vient d'être soldée**, d'où le début de l'indépendance totale de la Collectivité envers l'étranger.

En effet, la gestion de la Collectivité, quoiqu'elle se soit dotée de nouveaux moyens, humains et structurels, est immensément plus rigoureuse et moins coûteuse que celle de l'ancien système.

Essentiellement (Voir « Pour une Collectivité équitable - Première partie : La base ») :

- Contrôle de toutes les transactions financières sur le Territoire Collectif, celles-ci devant obligatoirement transiter par la Banque Collective (fin, entre autres, de la fraude fiscale).

- Immense simplification de l'administration et des démarches associées.

- Fin des « corps intermédiaires », et donc de leur financement.

- Fin du chômage ainsi que de toutes les structures et financements y étant relatifs (Toute personne ayant un emploi, nul n'est une charge pour le budget et chacun contribue à l'enrichissement Bien Commun)

- Fin de toutes les aides, subventions et accompagnements (Ils n'ont plus de raison d'être) tels que C.A.F., A.P.L., R.S.A., R.S.I., …

- Fin de la multiplicité des différentes « caisses » et assimilés, ainsi que de leurs gestions, tout ayant été ramené à un modèle unique, juste et équitable, prenant en compte les spécificités de chacun.

- Fin du coût de l'énergie.

- Fin de besoins en aides ou conventions étrangères contraignantes (Politique Agricole Commune – P.A.C., …)

La dette publique réglée, la Collectivité ne contracte plus d'emprunt sur les marchés financiers internationaux, gérant par elle-même ses propres financements.

Les besoins en participation (Impôt et Taxe Unique), équitables, des membres de la Collectivité ont diminué au fur et à mesure de l'épurement de la dette publique.
Ils sont maintenant totalement justes.

Nous rappelons que dès la naissance de la Collectivité toutes les taxes, impôts et assimilés de l'ancien système ont été supprimés et remplacés par l'Impôt et la Taxe Unique.(Voir : « Pour une collectivité équitable - Première partie : La base »).

Ce samedi, à l'Agora, l'Ordre du Jour Collectif (débattu dans toutes les Agora du Territoire Collectif) concernait

L'ÉNERGIE

Les débats de l'époque, initiateurs, ont été d'autant plus complexes que ce sujet touche de multiples facettes de la vie sociale et de l'économie.

En premier lieu il fut question des **énergies fossiles**.

Les échanges ont notamment porté sur les pratiques qui étaient utilisées dans l'ancien système, surtout en termes de fiscalité.

Il y fut question du problème du réchauffement climatique, prétexte à une énorme taxation des carburants issus des énergies fossiles et dont la combustion dégage dans l'atmosphère des « gaz à effet de serre », essentiellement du gaz carbonique, responsables de ce réchauffement.

Les principaux problèmes alors évoqués à ce sujet par les pouvoirs en place étaient une monté du niveau des océans qui ferait disparaître de larges parties des zones terrestres émergées, ainsi, accessoirement, qu'une modification ou déplacement de certains écosystèmes.

La mesure mise en place par l'ancien système visant à réduire ces émissions fut l'énorme taxation de ces carburants.

Étant donné qu'il n'y avait aucune solution de remplacement à ces besoins énergétiques indispensables, leur niveau d'utilisation ne pouvait pas baisser.

Quoi qu'hypocrite, le discours n'avait pour but que de faire accepter, tant soit faire ce peu, cette énorme pression fiscale à la population sous couvert de protéger, illusoirement, la planète.

Certains, dans les débats, ont relevé que de très importantes régions économiques risquaient de disparaître sous la montée du niveau des eaux dans les décennies à venir et que la lutte contre le réchauffement était surtout une lutte contre cette disparition pour préserver des intérêts pécuniaires bien plus que des populations.

Toujours était-il que l'immense pouvoir financier reposant sur les énergies fossiles était maître des décisions et que l'exploitation de ces énergies ne cessa d'augmenter.

On a poussé l'hypocrisie jusqu'à trouver des énergies fossiles nouvelles, de remplacement, comme le gaz de schiste, qui est en fait, bien plus dangereux pour l'environnement, et donc la planète toute entière.

En effet, le gaz de schiste est essentiellement composé de méthane, exactement comme le gaz naturel, ou « gaz fossile », qui est un mélange gazeux d'hydrocarbures, énergie fossile.

Il a donc les mêmes conséquences sur l'environnement que toute autre énergie fossile, mais son extraction par fracturation hydraulique à grands volumes provoque de très importantes fissures et microfissures dans les roches du sous-sol.

Celles-ci, suite aux immenses volumes d'eau utilisés et la libération dans le sol d'huile de schiste (pétrole), entrainent une pollution des nappes phréatiques et une émission supplémentaire de gaz à effet de serre.

Cette huile de schiste dans la nappe phréatique a conduit, dans certains secteurs, à voir de l'eau du robinet (dite « potable ») qui s'enflamme quand on approche la flamme d'un briquet !

Tous ces « gaz naturels », gaz naturel associé à un réservoir de pétrole, gaz naturel conventionnel non associé, gaz de couche (ou gaz de houille, c'est-à-dire d'une forme de charbon), gaz de « réservoir ultracompact » ou gaz de schiste, sont des fossiles essentiellement composés de méthane dégageant dans l'atmosphère de grandes quantité de gaz carbonique, principal gaz à effet de serre.

C'est alors que certains ont parlé des **travaux de Stanley MEYER (USA).**

Rappelons brièvement qui était Stanley MEYER et quels furent ses **travaux qui ont permis à la Collectivité de se libérer totalement des énergies fossiles,** ainsi que de toute la cohorte des conséquences de leurs utilisations et de leurs exploitations.

Avant tout, Stanley MEYER n'était pas un scientifique à proprement parler, mais un inventeur.

Une différence de taille entre les deux statuts est le temps de mise en œuvre d'une idée, beaucoup plus court pour les inventeurs que pour les scientifiques qui doivent respecter toute une chaîne de préalables.

Stanley MEYER n'en était pas pour autant moins méticuleux.

Il était ingénieur en électricité, physicien amateur.

Le moteur à eau basé sur la production d'hydrogène par électrolyse de l'eau existait déjà mais ne pouvait pas être économiquement fonctionnel.

En effet, la production d'hydrogène par électrolyse de l'eau présente deux gros problèmes :

- Elle consomme plus d'énergie qu'elle en produit.

- L'hydrogène produit doit être stocké, est il est hautement explosif.

Stanley MEYER a inventé une extraction de l'hydrogène de l'eau par un **processus inverse de l'électrolyse** qui ne consomme qu'une quantité infime d'énergie.

Ce processus, utilisant moins d'un demi ampère pour une fréquence de 20 000 hertz par seconde, **produit plusieurs centaines de pourcent d'énergie de plus qu'il en consomme,** donnant l'hydrogène capable de fondre l'acier.

Par ailleurs, la température de l'eau du conteneur ne change pas.

Il ne s'agit donc pas d'électrolyse mais d'un **séparateur de molécules** qui fractionne l'eau en oxygène et hydrogène.

Pas de stockage, donc **aucun risque d'explosion**.

Il a fait la démonstration de ses résultats en laboratoire devant une équipe de scientifiques, dont un émissaire de la British Advanced Energy Institute, qui en ont confirmé les résultats en déclarant:

« Nous avons récemment envoyé une délégation pour témoigner du travail de Stan, pour l'évaluer vraiment.
C'est une des inventions les plus importantes du siècle »

Stanley MEYER a construit plusieurs prototypes pour montrer des applications de son invention, dont deux voitures, une Buggy et une Chevrolet Camaro qu'il a fait fonctionner, **en 1978**, devant la chaîne de télévision WSYZ (USA).

En septembre 1991 Stanley MEYER a fait breveter son invention aux USA, au Japon et en Europe.

Il crée une petite entreprise, la WFC (Water Fuel Cell company).

Stanley MEYER a reçu des offres énormes de la part des industries pétrolières pour ses brevets (afin de les enterrer), de l'ordre de plusieurs milliards de dollars. Il les a toutes refusées, disant que la principale raison de son travail était que l'industrie pétrolière et les pays ne puissent plus abuser des consommateurs.

Il a aussi reçu des menaces de mort.

Ses travaux ont, tout autant que possible, été passés sous silence.

Pensez donc, **une énergie quasi-gratuite à la portée de tous …**

Stanley MEYER disait que le rendement de son « séparateur de molécules serait supérieur à 1 000% »

L'armée américaine (USA) s'intéressait à ses inventions, elles devaient alors rester secrètes.

Le gouvernement aurait aussi été intéressé, afin d'enterrer le brevet pour justifier des sommes d'argent énormes alors récemment investies dans la recherche en fusion nucléaire classique.

En 1996 un procès est fait à Stanley MEYER par des investisseurs à l'expert desquels il a, préalablement, refusé de montrer ses installations.

Pendant le procès, alors que tous s'expriment à l'aide d'un microphone, le juge coupe le son de MEYER.

Le jugement dit que le rendement est inférieur à ce qu'il serait si la théorie de MEYER était juste, et qu'il ne s'agit que d'une électrolyse conventionnelle.

La Cour le condamne pour fraude et à verser 25 000 dollars aux investisseurs plaignants.

Stanley MEYER avait installé un nouveau prototype sur un Buggy pour parcourir Los Angeles - New York (4 500 km) avec uniquement 83 litres d'eau, soit une consommation de 1,84 l **d'eau**/100km.

En 1997 MEYER annonce que sa voiture est prête à des journalistes.

Il dispose alors d'un budget de 50 millions de dollars pour construire un centre de recherche à Grove City.

D'après Paul CZYSZ (ancien chercheur à la NASA) la NASA aurait passé un contrat avec Stanley MEYER.

Le 21 mars 1998, lors d'un repas de travail au restaurant avec son frère et des investisseurs, Stanley MEYER, 57 ans, boit sa tasse de jus de canneberge et s'étouffe en vomissant violemment.

Il meurt dans les bras de son frère en disant : « Ils m'ont empoisonné ».

Eugène MALLOVE, docteur en aérospatiale et propulsion de l'Université d'Harvard, puis journaliste scientifique, et convaincu des preuves de l'existence de la fusion froide (production d'énergie de type nucléaire sans la radioactivité à partir de l'eau lourde), relaye la thèse de l'assassinat de Stanley MAYER.

Il est assassiné le 14 mai 2004, abattu dans sa maison de campagne.

Avant Stanley MEYER, Alexandre Tchernovsky, travaillait sur ce qu'il appelait « L'énergie du vide » et avait mis au point un appareil produisant cinq fois plus d'énergie qu'il en consommait.

Alexandre Tchernovsky est mort subitement en 1992.

Les inventeurs de solutions alternatives au moteur utilisant des énergies fossiles (pétrole essentiellement) ont été intimidés pour arrêter leur travail ou sont décédés dans situations surprenantes.

De rapides recherches sur le Web permettent d'en trouver une liste considérable (« Moteur à eau », « Énergie libre », …).

Les onze brevets déposés par Stanley Meyer ont expiré et n'importe qui peut se les procurer intégralement pour reprendre et appliquer ses résultats, mais nul ne l'avait fait avant la Collectivité.

M. et Mme Lambda viennent de finir la lecture de l'exposé.

Lui : « Quoi qu'on le sache, je suis toujours effaré face aux conséquences que peuvent entraîner la cupidité et le désir immodéré de pouvoir. »

Elle : « Jusqu'à mettre en danger, mépriser, l'Humanité toute entière, la Terre elle-même »

Lui : « Infâme hypocrisie que d'avoir utilisé des moyens, quelques-fois innommables, pour faire disparaître des solutions fondamentales, et joué sur l'ignorance de ces solutions pour manipuler les populations afin de préserver des statuts superpuissants.

Infâmes manipulations pour abuser les populations pour justifier toujours plus de ponctions financières sous couvert de tenter de limiter des problèmes. »

Elle : « Et le juge qui coupe le son du microphone de Stanley MEYER pendant les débats du procès !, puis qui juge qu'il s'agit d'une électrolyse classique ! »

Lui : « Et pourquoi toute cette agitation, ces propositions financières pharamineuses pour enterrer le brevet, les menaces de mort, la NASA, l'armée, le gouvernement des USA, les scientifiques anglais qui constatent officiellement que les résultats de Stanley MEYERS sont réels, les démonstrations avérées et diffusées par la télévision, …

Que sont devenus les prototypes de Stanley MEYER, les véhicules, ses installations en laboratoires, … ? »

Elle : « Oui, à l'époque, on nous a dupés, escroqués, comme on ne pouvait l'imaginer tellement tout ce qui fut mis en place était énorme, bardé de bon sentiments illusoires.

On a manipulé l'Humanité !

Chaque convaincu pouvait se sentir fautif et culpabiliser de sa propre attitude. »

Lui : « C'était une machination au sein de laquelle les intérêts confondaient les frontières, une machination menée par un panier de crabes animés par les mêmes raisons. »

Elle : « Et le Peuple acceptait, malgré quelques protestations, tant le matraquage médiatique était important. »

Lui : « D'autant que si peu pouvaient imaginer les choses autrement que comme ils les avaient toujours connues. »

Elle : « Alors que déjà à la **fin des années 1970, Stanley MEYER avait la solution** et se battait, se débattait pour l'offrir à l'Humanité. »

Lui : « Une **énergie inépuisable** grâce à une **transformation réversible** ! »

Elle : « L'énergie libre !

On part de l'eau, on obtient de l'énergie et l'eau qu'on avait au départ. »

Lui :   « Oui, la solution aux problématiques liées aux énergies fossiles, leur pollution de l'air, de l'eau, du sol, leur impact sur l'accélération du réchauffement climatique, les marées noires, les pollutions aux particules fines issues des pots d'échappement, les pollutions des nappes phréatiques, la chaîne des dégâts de l'exploitation des gaz de schiste, les nuages de fumées toxiques des cheminées industrielles, les centrales nucléaires avec leurs risques croissants d'incidents, d'accidents, et le problème de leurs déchets … »

Elle :   « Il me semble qu'il y a eu encore plus fin dans la manipulation de masse. »

Lui :   « C'est-à-dire ? »

Elle :   « Des initiatives « écologiques ». »

Lui :   « Précise, s'il te plaît. »

Elle :   « Rappelle-toi !

La société vivait en utilisant abondamment, et sous toutes ses formes, un pétrole « bon marché », car abondant, et donc à la porté de tous, lorsqu'en 1973 elle a subi le « premier choc pétrolier », dont je passe les détails.

Il a eu pour conséquence une très importante augmentation du prix du pétrole, ainsi que le développement accéléré et la mise en service des centrales nucléaires pour la production d'énergie. »

Lui : « Oui. »

Elle : « On a alors expliqué au Peuple que le nucléaire se justifiait par le besoin d'une indépendance énergétique, et que l'augmentation des prix du pétrole, et de ses dérivés, était la conséquence de l'augmentation du prix du baril par les producteurs sans parler de l'augmentation des taxes qui l'ont accompagné. »

Lui : « OK »

Elle : « Le « choc pétrolier » a aussi initié des initiatives « écologiques » pour la production d' « énergie renouvelables », solaires, éoliennes, géothermiques, hydrauliques.

Il a aussi vu naître les premiers mouvements écologistes officiels. »

Lui : « Hummm … »

Elle : « En 1979, deuxième « choc pétrolier » !

Montée en puissance des mouvements écologistes dont l'impact médiatique, depuis le début des années 1970, va dans le sens, au niveau de l'énergie, de se détacher des énergies fossiles, mais aussi du nucléaire. »

Lui : « OK, je te suis. »

Elle : « Alors le pouvoir en place justifie le nucléaire par le pétrole, dont il faudrait se libérer, trop cher et « trop néfaste pour la planète ».

Le nucléaire restant inquiétant, et pour cause, on parle de se détacher du nucléaire, partiellement, en développant, favorisant des programmes d' « énergies renouvelables ».

Alors, pour limiter les problèmes liés au pétrole, du moins sous prétexte d'essayer, fatalement sans succès :

- On augmente les taxes sur les produits pétroliers.

- On n'ouvre plus de « centrale nucléaire » (deuxième génération), on change le nom et on développe des EPR (European Pressurized Water Réactor, ou « Réacteur pressurisé européen), qui sont des « réacteurs nucléaires de troisième génération ».

- On cherche à remplacer en partie le pétrole, si dangereux, par une autre matière première : le gaz de schiste, plus réparti sur la planète donc accessible à un plus grand nombre, qui, magie des mots, n'est autre qu'un hydrocarbure, un produit pétrolier, dont l'extraction, beaucoup plus difficile, est beaucoup plus chère mais surtout engendre des dégâts écologiques catastrophiquement plus importants. »

Lui :   « Et ... »

Elle :   « Alors, puisque depuis les années 1980, et ce serait sans doute arrivé dans les années 1970 si au lieu d'essayer de le stopper on avait soutenu Stanley MEYER, on sait comment se passer des énergies fossiles !, et des autres ...

La question qui se pose, qui s'impose à moi, est : « POURQUOI ? » »

Lui :   « Oui, pourquoi n'a-t-on rien fait de ses résultats, sinon de les taire ?

Pourquoi, alors qu'aujourd'hui les onze brevets de Stanley MEYER sont libres depuis longtemps, et que chacun peut se les procurer, directement sur Internet en tapant son nom ou en écrivant à « Commissionner of Patents and Trademark Washington dc 20231 USA », il n'y a que la Collectivité qui l'ai fait ?

Sur chaque point, à qui cela profite t-il ?
Et aux dépends de qui ? »

Elle : « Pour les dépends, pas besoin de réfléchir, ce sont toujours les mêmes, le Peuple. »

Suite aux débats sur ce sujet, la Collectivité, qui a mis en œuvre les moyens de reprendre et développer les résultats de Stanley MEYER, a abouti à leur mise en application.

Sur le territoire Collectif les énergies fossiles ont intégralement été remplacées par des « séparateurs d'eau » (ou « séparateurs de molécules ») à combustion directe, c'est-à-dire :

- Extraction de l'hydrogène de l'eau avec un infime courant électrique (moins d'un demi-ampère pour une fréquence de 20 000 Hertz par seconde :

$$2H_2O \longrightarrow O_2 + 2H_2$$

Puis :
- Combustion contrôlée de l'hydrogène :
$$2H_2 + O_2 \longrightarrow 2H_2O + Q$$
(Q : quantité d'énergie libérée)
Avec restitution de l'eau initialement consommée.

Et **Q est égal à plusieurs centaines de pourcents de l'énergie consommée** pour l'extraction de l'hydrogène.

Soit, au final, une réaction en continu du type :

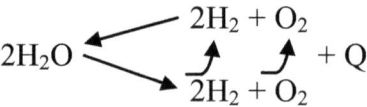

- La consommation « en eau » est environ cinq fois inférieure à celle en essence ou gas-oil pour la même production d'énergie.

- Pas de stockage d'hydrogène, donc pas de risque « explosif ».

- Énergie disponible dans le monde entier et quasiment gratuitement.

- Prélèvement dans l'environnement nul et sans impact. En effet, l'eau utilisée est restituée à l'identique et exactement dans la même quantité et dans le même état, pouvant être réutilisée de la même façon.

On a ainsi des **appareils autonomes avec une production d'énergie perpétuelle** sans le moindre prélèvement dans l'environnement, ni le moindre impact sur ce dernier.

- **Fin des pollutions et autres problèmes associés aux énergies fossiles** (Air, eau et sol).

–

43

- Remplacement, dans la Collectivité, de tous les matériels fonctionnant avec d'autres énergies (Utilisation dans tous les moteurs, turbines à gaz, …).
En effet, l'hydrogène extrait de l'eau remplace, par exemple, les carburants dans les injecteurs.

NB : Un simple dispositif comme celui inventé par Stanley MEYER permet d'utiliser des véhicules identiques soit avec l'eau soit avec des hydrocarbures comme source d'énergie.

Pour les moteurs à eau, un séparateur d'eau remplace la bougie d'allumage des moteurs à essence ou gas-oil. L'eau injectée dans le moteur y est fractionnée en oxygène et hydrogène qui sert de combustible.

NB : À l'époque de la création de la Collectivité il était question de « **Piles à combustible à hydrogène** ». Le fonctionnement d'une « pile dihydrogène-dioxygène » est très propre vu qu'il ne produit que de l'eau et consomme uniquement des gaz.

Par contre :

- soit il utilise des « gaz naturels » : (ou « gaz fossiles », donc des hydrocarbures produisant des gaz à effet de serre,

- soit il utilise l' « électrolyse de l'eau » par voie thermique ou électrochimique.

Le fonctionnement de la « pile à combustible à hydrogène » nécessite donc une source d'énergie comme l'électricité nucléaire ou les combustibles fossiles.

De plus, le dihydrogène ($H2$) doit être stocké et transporté,

- Sous forme gazeuse dans des conteneurs adaptés ($H2$ est très explosif)

- Sous forme liquide (très dangereux car très explosif)

- Le stockage de l'hydrogène dans des hydrures métalliques est très loin permettre un stockage de l'hydrogène utilisable.

Par ailleurs, les « Piles à combustible à hydrogène » :

- Coûtent très cher,

- Contribuent à l'utilisation de gaz à effet de serre ou d'énergie nucléaire,

- Ne permet d'obtenir qu'un rendement très faible (25 à 50%, dont une grande perte d'énergie au final, 100% étant l'énergie totale permettant e faire fonctionner la pile), alors que les résultats de Stanley MEYER avaient déjà un rendement cinq fois supérieur aux produits pétroliers en n'utilisant que de l'eau !

Encore une fois, on se demande à qui devait profiter cette supercherie.

La Collectivité a finalisé ses travaux sur un équipement universel capable de faire fonctionner n'importe quel moteur.

Ainsi, chaque acheteur peut choisir son type de carburant, le réservoir est seulement rempli d'eau ou d'hydrocarbure.
Cela permet aux industries de continuer à fabriquer des moteurs tout en les adaptant au type de carburant souhaité, donc de continuer de vendre à l'international dans les pays qui n'ont pas (encore) voulu adopter (sans doute pour des raisons financières) le moteur à eau de la Collectivité.

La possession d'un véhicule dans la Collectivité ne peut, légalement, qu'être un véhicule fonctionnant avec un moteur à eau.

Il en va de même pour tout ce qui, avant, utilisait d'autres énergies.

- Réaffectation de toutes les structures et matériels jusqu'alors affectés à la production, la transformation ou la distribution de ces énergies à d'autres utilisations, en conservant l'emploi in situ tout autant que possible, ou réaffectation équitable des travailleurs.

- De la même façon, **fin de l'utilisation de l'énergie nucléaire**, remplacée par elle aussi par des « séparateurs d'eau » à combustion directe.

- L'électricité est maintenant produite par les anciennes centrales atomiques où les réacteurs nucléaires ont été remplacés par des chaudières à « séparateurs d'eau » (ou « séparateurs de molécules »), ainsi que d'autres installations de proximité (la puissance des « séparateurs d'eau » étant bien plus faible que les réacteurs nucléaires il en faut beaucoup plus).

De ce fait, le coût de production l'électricité est devenu extrêmement faible.

- Toutes les taxes anciennes ayant disparu au profit de la Taxe Unique, qui ne s'applique que sur la valeur ajoutée, et tous les impôts ayant disparu au profit de l'Impôt comme seule contrepartie correspondant à la proportion d'utilisation du Bien Commun, **le coût de l'énergie a quasiment disparu**, ce qui a ouvert des perspectives de développement quasiment infinies.

M. Lambda : « La fin du coût de l'énergie a eu des conséquences bénéfiques fantastiques ! »

Mme Lambda :   « Dégringolade des prix !

Explosion du pouvoir d'achat !

Et une **expansion économique phénoménale** suite à la baisse des coûts de production, distribution, …, en faveur du Peuple. »

Lui : « Mais bien d'autres pays n'ont pas voulu suivre notre exemple en perdant la manne financière qu'ils tirent de l'exploitation des énergies fossiles. »

Elle : « Alors notre industrie a adapté sa production, à l'image de celle des véhicules. »

Lui :   « On construit pour la Collectivité et les clients étrangers qui ont adopté le remplacement des énergies fossiles par l'eau des machines correspondantes, et pour les autres, moyennant de petites différences, des machines qui étaient utilisées dans l'ancien système. »

Elle :   « Nous conservons ainsi tous les marchés potentiels »

Lui :   « Toujours est-il que, dans les sociétés qui continuent d'utiliser les énergies fossiles, la grogne des populations ne cesse d'augmenter et que, petit à petit, les mutations s'opèrent car les pouvoirs en place en viennent à devoir céder sous la pression de leur Peuple. »

Elle :   « Notre exemple fait tâche d'huile !, et je trouve qu'ainsi le monde s'améliore. »

Le samedi, l'Ordre du Jour Collectif suivant concernait :

LES LUBRIFIANTS

Quand la Collectivité s'est occupée de la question des lubrifiants issus des énergies fossiles ; il fut vite question du Jojoba.

Quoi que long, presque fastidieux pour certains, M. et Mme. Lambda trouvent l'exposé suivant très intéressant par la richesse de son enseignement.

LE JOJOBA :

Arbuste de 3 à 5 m de haut.

Ses racines atteignant 30 à 50 m de long, il peut pousser dans des sols peu fertiles et des régions très arides, en limite des déserts secs, et donc constituer un rempart contre l'avancée de la désertification.

Il n'est pas incommodé par des températures de plus de 50°C ni des températures inférieures à 0°C mais craint les fortes gelées.

Durée de vie entre 100 et 200 ans.

Les graines contiennent en moyenne 50% de cire liquide très facilement extraite.

Le Jojoba produit à 5 ans et est adulte à 10 ans.

Production moyenne : 3 tonnes de graines/ha, soit environ 1,8 tonne d'huile/ha.

L'huile de Jojoba, déjà utilisée par les indiens Apaches pour l'assouplissement du cuir, les luminaires ainsi que de nombreuses propriétés pharmaceutiques et cosmétiques, a fait, peu après la découverte de ses propriétés exceptionnelles, l'objet d'un immense intérêt.

Usages les plus importants (non exhaustif) suite à ses propriétés exceptionnelles :

- Lubrifiant pour moteur, dont les moteurs à haute température, boites de transmission, engrenages, … : Grande capacité à résister aux températures élevées, lubrification des moteurs à haut régime (classée produit stratégique par les USA).
Garde sa viscosité à haute température ce qui lui confère des qualités de lubrification exceptionnelles, supérieures aux lubrifiants habituels (issus des énergies fossiles).

Point d'ignition élevé, cette huile ne présente aucun danger.

- Ne rancit pas

- Alimentaire (Noix et huile)

- Cicatrisante.

- Usage pharmaceutique (sa cire encapsule la pénicilline et permet ainsi l'administration orale de cet antibiotique)

- Usage cosmétique : Antioxydant, hydratant et adoucissant.

- À l'état de polymères à pont sulfuré : Linoléums, encres, vernis

- À l'état de dérivés alcools ou acides : Désinfectants, émulsifiants, résines, plastifiants

- À l'état hydrogéné : Cosmétiques, vernis, etc ...

- Conservation : 25 ans sans altération.

-Bilan carbone théoriquement nul.

À titre de comparaison, les propriétés du Jojoba sont égales, mêmes supérieures à l'huile de blanc de baleine.

Sa durée d'utilisation, quelle que soit la pression ou la température d'emploi, est six fois plus longue que celle des dérivés pétroliers, et les corrosions observées sont très inférieures.

L'huile de Jojoba est donc une possibilité très avantageuse de remplacement des lubrifiants tirés des combustibles fossiles.

Par ailleurs : L'écologie moyenne du Jojoba inclue les pays du sud de l'Europe, donc le territoire de la Collectivité (Habitat naturel entre 23° et 34° degré de latitude Nord, plante originaire du Mexique)

Les spécificités du jojoba permettent le développement de secteurs écologiques défavorisés.

LE JOJOBA :

  - Pousse dans des sols peu fertiles d'acidité entre 5 et 8
  - Pousse dans des sols salins (la présence d'eau saumâtre ne l'incommode pas)
  - Répond très faiblement à la fumure minérale (l'enracinement profond lui permet de s'alimenter dans des horizons que les autres végétaux n'atteignent pas), la fertilisation minérale ne semble pour l'instant pas importante.
  - Les maladies sont assez rares.

- Se contente de très peu d'eau (peut passer sans problème une année sans pluie), il demande juste à être arrosé pendant les deux premières années de sa vie (environ 450 mm d'eau/ha/an).

- La récolte peut se faire à la main, dans des filets disposés sous les arbustes ou en les « peignant » mécaniquement, comme les oliviers.

Mais ces vertus extraordinaires comme lubrifiant semblent s'être heurtées au coût de production des lubrifiants pétroliers, et le développement des cultures, qui auraient permis d'en diminuer le coût de production, s'est alors arrêté.

La Collectivité a décidé de reprendre ce développement et de remplacer progressivement les lubrifiants issus de sources fossiles par ceux issus du Jojoba.

Aujourd'hui nous en avons fini avec les lubrifiants issus d'hydrocarbures.

Rappelons que, comme le précisait VIETMEYER, membre de l'Académie Nationale des Sciences (E.U.), « la survie de l'humanité dépend du règne végétal »

« Sur 250 000 espèces identifiées seulement 150 ont fait l'objet d'utilisation pour l'alimentation et, parmi elles, 30 espèces végétales subviennent à 85% des besoins humains en poids et à 95% des besoins en calories et protéines ... »

Enfin, 80% de l'énergie humaine ne provient que de 7 céréales »
Ceci nous laisse imaginer le potentiel végétal encore inexploité, à tous niveaux.

Elle : « Eh oui, là aussi **la Collectivité a su se passer des produits pétroliers**, de leurs nuisances et de leur dictature, produisant tous les lubrifiants dont nous avons besoin en n'ayant que des impacts positifs sur l'environnement. »

Lui : « Un peu plus cher à produire, du moins pour le moment, car plus leur utilisation se développera plus le coût de production baissera. Cela est nécessaire pour se passer totalement des produits pétroliers, et le bénéfice de l'absence de coût de l'énergie rend insignifiante l'augmentation des coûts de production des lubrifiants, tout comme celui des plastiques, anciennement issus du pétrole. »

Elle : « La production par la Collectivité des plastiques est d'ailleurs l'Ordre du Jour Collectif suivant. »

LES PLASTIQUES

Avec l'abandon des produits pétroliers, s'est posée la question des matières plastiques.

La fabrication des matières plastiques se fait grâce à la **polymérisation**.

Le composé de base, aussi appelé « résine », est un polymère, principalement issu d'un des composés de base du pétrole.

La polymérisation, réaction chimique, crée des liaisons stables entre les molécules d'un **monomère** (molécule de base) pour donner, au final, une macromolécule : **polymère**, ne comportant qu'un seul type de composant élémentaire (le monomère).

Les propriétés chimiques et physiques des plastiques peuvent être améliorées par l'ajout de charges, plastifiants, additifs et adjuvants.

Les plus de mille matières plastiques différentes recensées se classent en **trois catégories** :

- **Thermodurcissables :** Elles prennent leur forme définitive au premier refroidissement. Exemples : Silicone, Bakélite, Mélamine.

- **Élastomères :** Souples et très résistants.
Exemple : Proches du caoutchouc.

- **Thermoplastiques :** Se déforment sous l'action de la chaleur et gardent cette forme en refroidissant. Exemples : Polyéthylène, polystyrène, polyamide, polychlorure de vinyle, acrylique, polyamide.

Cet exposé étant fait, les débats ont porté sur les moyens de remplacer les matières plastiques issues de la pétrochimie par des matières plastiques résultant de la transformation de polymères naturels.

C'est alors qu'un intervenant expose un bref historique des matières plastiques rappelant que leur histoire est très ancienne, beaucoup plus qu'on a tendance à le penser.

Les égyptiens utilisaient des colles particulières s'apparentant aux matières plastiques il y a 3500 ans.

Christophe Colomb, à la fin du XVème siècle, rapporta d'Amérique des plants de caoutchouc. Les colons avaient observé chez les aztèques l'utilisation de cette matière d'origine végétale. C'est à partir de ce moment que des chimistes commencent à s'y intéresser.

En 1736 Charles Marie de la Condamine (explorateur scientifique) et François Fresneau de la Gataudière (naturaliste) découvrent le caoutchouc naturel dans le bassin amazonien.

La première forme de matière plastique, la Parkésine (issue de la cellulose), fut découverte au début du XIXème siècle, présentée en 1862, par son inventeur, l'anglais Alexender Parkes.

Il s'agissait d'un type de Celluloïd, le premier plastique artificiel résultant de la transformation chimique de polymères naturels.

La première matière plastique industrielle basée sur un polymère synthétique (non pétrolier) fut la bakélite en 1907 par Leo Baekeland,

De nombreuses autres matières plastiques ont ensuite été inventées.

En résumé, les plastiques naturels ont précédé les plastiques synthétiques.

Il s'agit de **matières plastiques issues des sécrétions végétales** comme le caoutchouc, avec de très nombreuses utilisations,

Les plastiques issus de la cellulose (un des composant principaux des végétaux), puis la nitrocellulose (très explosif), permettront, entre autres, les travaux de :

Alexander Parkes, en 1862, invente la **Parkésine**, matière pouvant être rigide, flexible, résistante à l'eau, opaque, pouvant être colorée, travaillée, moulée par compression, laminée et modelée à chaud, mais, dans ce cas, sa forme devient irréversible.

John Wesley Hyatt, en 1863, découvre une nouvelle matière première : le **celluloïd**, première matière plastique artificielle, utilisée pour la fabrication d'accessoires vestimentaires, jouets, peignes …

Paul Schitzenberger, en 1865, invente de **l'acétate de cellulose** (utilisation principalement dans l'industrie textile)

A. Spitteler et W. Hirshe, en 1897, découvre la **galalithe** (Boutons, poignées, bouchons, articles de bureau, pions, bijoux, …), ensuite largement remplacées par la bakélite.

Léo Hendrik Baekeland, en 1907, découvre la **bakélite**, premier plastique thermodurcissable (durci de façon permanente après avoir été chauffé et moulé). La bakélite a une multitude d'applications.

Jacques Brandenger, 1908, découvre la **cellophane** par (principalement film cellophane pour la protection d'emballages, tissus, emballages alimentaires étanches, rubans adhésifs, …),

Jusqu'alors les « matières plastiques » étaient bio-sourcées (issues de la biomasse) et biodégradables.

Ce n'est que lors de l'entrée dans l'ère industrielle, avec la première guerre mondiale, qu'apparurent les plastiques modernes issus de la pétrochimie. Ceux-ci ont quasiment évincé les plastiques bio-sourcés.

Par la suite beaucoup de matières ont été remplacées par ces plastiques, et ceux-ci se sont vraiment installés dans la vie quotidienne dans les années 1960.

A titre d'exemples, un pneu en caoutchouc se biodégrade en plus de 100 ans, un sac, un gobelet, une bouteille plastique en 100 à 1000 ans !

L'exposé précédent nous montre que nous pouvons, dans la grande majorité des cas, faire appel à des **matières plastiques nobles**, à savoir bio-sourcées, biodégradables ou compostables, ou les deux, non issues de ressources fossiles.

Il s'agit de toutes celles développées, crées, inventées avant celles issues de la pétrochimie, et bien d'autres élaborées après, comme celles à partir de fibres renforcées par une résine issue de Gluten, d'algues (ce qui permettrait de **résoudre certaines proliférations le long de nos cotes**).

La liste est longue et nous montre bien la possibilité de supprimer les matières plastiques issues des ressources fossiles (**réduction des émissions de gaz à effet de serre**)

Il suffit pour cela de revenir un peu en arrière sur l'échelle d'évolution de nos sociétés et repartir de là.

Le développement des matières plastiques nobles a été freiné, même stoppé, par la prépondérance des produits issus de la pétrochimie, mais leur potentiel ne demande qu'à être exploité, et ainsi devenir plus concurrentiel.

Citons en quelques autres :

- PLA (Acide polylactique) : Bioplastique, bio-sourcé et biodégradable, pouvant être obtenu à partir de l'amidon de maïs.
Utilisé de l'emballage (dont alimentaire) à la chirurgie, sacs et nombreux produits thermoformés, injectés ou extrudés, imprimantes 3D.

- PHB (Poly-ß-hydroxybutyrate) : Biodégradable et issu des bactéries :
Utilisations médicales et autres.

- PA 11 et 12 (Polyamide 11 et 12) : Issus de l'huile de ricin (très intéressantes performances techniques) : Utilisé, entre autres, pour des pièces de véhicules (durites, …), conduites (tuyau parcouru par un fluide ou un solide morcelé) flexibles divers pour l'eau, le gaz, …, revêtements protégeant de la corrosion, cordes pour instruments de musique, filets de pêche,

- Polyéthylène biodérivé (éthyléne bio-sourcé ou bio-éthylène) : Obtenu à partir de la canne à sucre. Applications similaires au PLA.

- Acétate de cellulose : Issu du bois ou du coton. Nombreuses utilisations : Fibres, dans le textile, linge de maison, vêtements, emballages alimentaires, produits absorbants (couches, produits chirurgicaux), vernis, membranes, pellicules photographiques et de cinéma, réplication, produits moulés (boutons, garnitures, accessoires de maison, rubans, jouets (comme les premières briques de Lego) lunetterie, …).

Des études et développements par la Collectivité sont en cours, comme pour :

- Remplacer le polystyrène par de la lignine (un des principaux composants du bois avec la cellulose, deuxième biopolymère renouvelable le plus abondant sur Terre).

- Produire des caoutchoucs bio-sourcés (dont les pneumatiques).

Sur ces deux points, la Collectivité s'est aussi intéressée au « Mushroom packaging » et au projet « Biobutterfly ».

- Mushroom packaging : Aux environs de l'établissement de la Collectivité, la société américaine « Ecovative » a fini de mettre au point un matériau à base de champignon (mycélium) pouvant remplacer le polystyrène, ainsi que tous les emballages de type mousse ou papier bulle.

Alors que le polystyrène ne disparaît dans la nature qu'après des milliers d'années, le Mushroom packaging se décompose en quelques semaines lorsqu'il est mélangé à la terre (comme celle d'un potager).

- Projet Biobutterfly : A la même période, un fabriquant de pneumatiques sur le Territoire de la Collectivité, « Michelin », a fini la mise au point d'une production biosourcée de la matière première du caoutchouc : le Butadiène à partir de la fermentation alcoolique de la biomasse.

Ceci permet de se passer du pétrole et de palier aux difficultés de production de caoutchouc naturel par l'extension des surfaces cultivées d'hévéa (arbre à caoutchouc).

NB : La hausse du prix du pétrole en avait déjà fait un produit rentable.

La Collectivité a adopté le Projet Biobutterfly après ne compensation équitable pour la collectivisation du brevet élaboré par une entreprise privée notre pays

Et le polystyrène du Mushroom packaging, en attendant l'aboutissement de ses recherches sur le remplacement du polystyrène, et autres plastiques, par des composés à base de lignine

Il s'en suit un **bilan carbone théoriquement neutre**.

La quantité des possibilités déjà exploitées laisse imaginer le potentiel total des matières plastiques nobles.

Il n'est pas question pour la Collectivité d'importer ce qu'elle refuse, suite à quoi elle se donne les moyens de produire ce qu'elle accepte.

Elle a donc mis en place les moyens de substituer aux produits pétroliers, et autres charbons, des produits bio-sourcés, biodégradables.

Les outils industriels anciennement affectés à la filière pétrochimie des plastiques sont réaffectés à d'autres utilisations, avec maintien des travailleurs, dont une partie à la filière des **matières plastiques « nobles »**, c'est-à-dire biodégradables et non issues de la pétrochimie.

En ce qui concerne les matières plastiques issues de la pétrochimie et non remplaçables par des matières plastiques nobles, la Collectivité les a remplacées par d'autres, biodégradables ou recyclables (comme le verre, par exemple).

Bien-sûr leur coût est un peu plus élevé, mais l'augmentation de leur utilisation fait baisser ces coûts.

NB : Les deux procédés précédent utilise la biomasse, et permettent donc une valorisation des déchets végétaux de l'agriculture.

Pour finir de se libérer du pétrole, il y avait aussi la problématique de :

LA COUCHE SUPÉRIEURE DES CHAUSSÉES

Dans le langage courant on parle de « **goudron** ».

Cette appellation, aujourd'hui fausse, vient d'une ancienne technique de revêtement du sol, le tarmacadam, ancêtre des revêtements routiers, à base de goudron (liant) et de graviers.

Il n'est plus utilisé aujourd'hui.

La couche supérieure des chaussées est aussi parfois appelée macadam, alors que le macadam, père du tarmacadam, est une technique de revêtement des chaussées développée vers 1982, sans goudron ni bitume.
C'est le macadam enduit de goudron (« tar » en anglais), encore un hydrocarbure fossile (produit pétrolier), dans sa partie supérieure qui a donné le tarmacadam.
Dans l'ancien système, la couche supérieure des chaussées n'utilisait plus, pour des raisons techniques, du goudron, mais était fabriquée en enrobés composés de sable, graviers avec un liant bitumeux.

Le liant bitumeux est un dérivé du pétrole, obtenu à partir de pétrole brut.
La Collectivité s'en est donc affranchie.

En effet, là aussi il existait des solutions qui n'étaient pas exploitées, …, ou tout simplement tues.

Lors de l'établissement de la Collectivité, le groupe Colas, de notre pays, leader mondial de la construction, l'entretien et la maintenance des infrastructures de transport, avait, depuis une vingtaine d'années, développé et mis au point le **Végécol,** qui est une alternative au bitume.

Le Végécol est fabriqué à partir de matières premières renouvelables provenant de l'agriculture (micro-algues, amidon de maïs et de pommes de terres, sucre, riz, mélasses, caoutchouc naturel, huiles végétales, effluents d'égouts, …).
Son utilisation peut donc, aussi, contribuer à la valorisation de l'agriculture.

Les caractéristiques techniques des enrobés au Végécol sont au moins équivalentes à celles des enrobés au bitume pétrolier, comme en termes de flexibilité et tolérance des charges.

Divers chantiers ont permis de valider le procédé dans de nombreuses applications, dont les routes.

De plus, le Végécol permet d'utiliser une bien plus grande variété de granulats que le bitume, ce qui permet de faire appel à des matériaux locaux et, donc, d'en limiter les transports.
L'enrobé utilisant le Végécol s'applique à 110° au lieu des 150° qu'impose le bitume, d'où un gain énergétique non négligeable.

Par ailleurs, son caractère naturel fait qu'il ne contamine pas les eaux de ruissellement, et est exempt de gaz ou de vapeurs toxiques.

Enfin, le Végécol est transparent, il laisse apparaître la teinte des granulats, et il peut être teinté, pour, par exemple, une meilleure intégration paysagère.

D'autre part,

Lors de l'établissement de la Collectivité, depuis plus de cinq ans des chercheurs de notre pays, à l'Ifsttar (Institut Français des Sciences et Technologies des Transports, de l'Aménagement et des Réseaux) de Nantes, développaient un **bio-bitume** aux caractéristiques similaires au bitume pétrolier utilisé par l'industrie routière.

Ce bio-bitume est obtenu à partir de micro-algues grâce à la technique de liquéfaction hydrothermale.

Le procédé emploi de l'eau sous pression qui, au contact des algues, les transforme en un liquide visqueux hydrophobe d'aspect similaire au bitume pétrolier.

Outre sa bonne tenue, ce bio-bitume a montré des propriétés rhéologiques (comportement des matériaux, à un instant donné, face aux contraintes et déformations) similaires au bitume pétrolier, notamment en termes de flexibilité et résistance sous le poids des charges.

La Collectivité a opté pour l'utilisation de ces deux liants, après une compensation équitable pour la collectivisation des brevets, tous deux élaborés par notre pays :

- **Le Végécol** pour les chaussées et surfaces que ses caractéristiques esthétiques améliorent (pistes cyclables, parkings, allées non routières, espaces de détente, …)

- **Le bio-bitume** pour les chaussées routières et autres surfaces de roulement.

De plus, la Collectivité s'intéresse particulièrement aux travaux sur ou avec les algues, prometteurs dans bien des domaines, chimie verte, santé, alimentation, …, la production des algues étant relativement facile et indépendante de contraintes extérieures.

D'une façon générale la Collectivité, tant dans un souci de cohérence environnementale que d'indépendance vis à vis des diktats économiques et financiers, a conçu un modèle de **fonctionnement indépendant des sources d'énergies fossiles**.

Nous avons réussi à nous passer totalement des énergies fossiles et leurs produits dérivés !

La Collectivité tend toujours plus vers un fonctionnement respectueux de la planète et des écosystèmes qui la composent.

Ces modifications fondamentales de fonctionnement ont impliqué de profondes reconversions.

De ces reconversions sont nés une partie des « grands chantiers » que la Collectivité a mis en œuvre dans sa structuration.

Les grands chantiers collectifs se sont essentiellement répartis sur deux axes :

- Mise en place des moyens (immobilier, logistiques, productifs) de fonctionnement Collectif (Voir : « Pour une Collectivité équitable : Première partie : La base »).

- Structuration administrative et des ressources humaines de la Collectivité suivant les principes fondamentaux de la Collectivité.

- Gestion et réaffectation du patrimoine immobilier, logistique et technologique dont l'utilité ou le besoin ont disparu suite aux modifications de fonctionnement de la société (Raffineries, centrales nucléaires, postes de distribution de carburant, bâtiments et équipements administratifs et autres devenus inutiles dans leurs fonctions, …)

Ces grands chantiers ont à la fois créé beaucoup d'emplois collectifs et augmenté la richesse du Bien Commun, et donc de sa contribution au meilleur équilibre collectif.

LES AXES CITOYENS DE LA COLLECTIVITÉ

Rappelons que le financement de la Collectivité ne repose que sur la Taxe Unique (Taxe en pourcentage unique payée pour toute valeur ajoutée, donc bénéfice, dans le circuit commercial) et l'Impôt (Quota d'investissement personnel dans la Collectivité donnant accès à la redistribution équitable de la richesse provenant du Bien Commun) (voir «Pour une Collectivité équitable : Première partie : La base »).

La Collectivité a conçu un fonctionnement social différent et global reposant sur l'action citoyenne, devoir qui ouvre des droits, et la gestion du Bien Commun (voir : « Pour une Collectivité équitable - Première partie : La base »).

La stabilité du Système Collectif à permis à de nombreux projets sociaux fondamentaux de longue haleine, éventuellement réajustés, d'aboutir.

LES SALAIRES des agents de la Collectivité.

Dans les entreprises de la Collectivité : **Entreprises Coopératives Collectives (ECC),** il n'y a plus, comme dans l'ancien système, de « Direction » d'entreprise mais un **Collège de Gérance** de l'ECC.

Les membres du Collège de Gérance sont élus et destitués par les travailleurs de l'ECC suivant, comme pour toute élection, les modalités d'Élections Collégiales (voir «Pour une Collectivité équitable : Première partie : La base »).

Des temps de débats communs sont fixés et compris dans les horaires de travail.

Le mode de fixation des salaires est identique pour toutes les ECC (Exemples de calcul ci-après).

La Collectivité a établi une **Grille Salariale** unique pour la fixation et l'évolution des salaires, basée sur l'évaluation d'une liste de critères.

LES CRITÈRES :

- Pénibilité

- Horaires

- Responsabilités décisionnelles :   - Humaines

                                          - Financières

                                          - Sécuritaires

- Qualité

- Assiduité

- Investissement personnel

- Résultats par rapport aux engagements (ne s'applique pas au premier mois des entrants dans l'ECC).

Les trois premiers critères déterminent le **Salaire Fondamental Coefficienté (SFC)**, correspondant au **Temps de Travail Raisonnable (TTR)**, acté par le Collège.

Le SFC initial est le salaire du premier mois de travail dans l'ECC.

NB : Tous les SFC ne sont pas identiques selon les conditions et spécificités de travail, mais **le plus grand SFC initial ne peut pas excéder 10 fois le plus petit SFC initial dans la même ECC.**

NB : Toute spéculation, autres participations, placements ou intérêts, ainsi que tout avantage en nature, étant bannis, les rémunérations de tous sont transparentes.

.

Les salaires de tous les Travailleurs pour la Collectivité sont indexés sur cette Grille Salariale.

L'évaluation de ces critères est faite, pour chaque Travailleur, une fois par mois, à date fixe, par les membres élus du Collège de Gérance (qui peut pratiquer des consultations au sein du Collège de l'ECC, c'est-à-dire l'ensemble des Travailleurs), et par les autres Travailleurs pour les membres élus du Collège, ou pour les membres du Collège Modérateur (voir ci-dessous).

L'évaluation des critères doit être « motivée ».

L'évaluation de chaque critère va de 1 (pire des cas) à 10 (cas idéal).

À chaque critère, et en fonction des types de postes, sont associés des propositions simples et précises de motivation avec trois choix : « Oui » = 1, « Non » = -1, « Sans avis » = 0.

Le **Coefficient Salarial** est la moyenne des critères ramenée à 1 (soit la somme des points obtenus divisée par le nombre de critères évalués).

Les noms des évaluateurs n'apparaissent pas.

Toutefois, en cas d'évaluation semblant aberrante, un **Collège Modérateur** (composé des membres élus par tous les Travailleurs parmi la totalité de l'ECC), soumis au secret, peut connaître l'évaluateur et le consulter discrètement sur la nature de son évaluation.

Toujours dans le sens de simplifier au maximum, à la fois la gestion de la Collectivité et les possibilités pour chaque Citoyen d'être partie prenante dans la Collectivité, **les cartes d'identité ont été équipées d'une puce dite « Puce d'Identification » (CIPI : Carte d'Identité à Puce d'Identification)**.

Cette puce ne peut contenir comme information **que** la photographie du visage et l'identité du Citoyen de manière cryptée, uniquement lisible par les personnels « autorisés ».

La photographie doit être renouvelée une fois par ans, sur une période de un mois, sur les bornes à cet usage dans les Points Collectifs.

Les données collectées sont référencées dans le Système Informatique Central.

La clé intermédiaire de lecture est soumise à modifications régulières par le Système Informatique Central, ce qui rend impossible la pénétration du système.

La gestion des utilisations de ces puces est directement reliée au Système Informatique Central.

Les puces des cartes d'identité peuvent être utilisées dans tous les cas où le citoyen peut avoir à user de son identité envers la Collectivité.

Chaque détenteur d'une CIPI dispose d'un Code Associé attestant de sa propriété de ladite carte.

Les CIPI doivent être réinitialisées un fois par semaine sur les Bornes Collectives grâce au Code Associé, avec possibilité de modifier ce code.

L'utilisation des CIPI a généré une immense simplification, praticité et sécurité dans l'utilisation des vecteurs informatiques, jusqu'à la Collective des Jeux (jeux de loterie et paris).

78

Par ailleurs, l'utilisation de la CIPI, pouvant être associée à des bornes de reconnaissance automatisée par biométrie faciale, à l'entrée des lieux sensibles, jusqu'aux supports de grandes manifestations sportives, a entraîné une baisse notable de la délinquance et de la criminalité.

De plus, la CIPI peut être utilisée pour tous les contrôles officiels, ainsi que par les forces de l'ordre.

Enfin, la CIPI permet, lorsque demandé, et avec son Code Associé, l'identification sur le site Intranet Collectif.

Dans le cas des grilles salariales, c'est le Système Informatique Central qui délivre les résultats aux ECC. Les informations comptables sont ainsi, aussi, directement enregistrées par le Système Informatique Central.

Évaluation de grille salariale :

- Dans chaque ECC se trouve une (ou plusieurs) borne (s) disposant d'un écran tactile dans une pièce dédiée où chacun peut venir s'identifier puis remplir les grilles salariales qui lui correspondent.

- Un (ou des) **Écran Général d'Information** est (sont) installé (s) dans les **Points de Rencontre Collectifs**.

À la période de remplir individuellement les Grilles Salariales, un ordre de passage d'un quart d'heure des Travailleurs à la borne est organisé et affiché sur l'Écran Général d'Information où chacun s'informe de son heure de passage.

Le nom de la personne attendue à la borne s'affiche en vert au lieu de blanc.

Arrivé à l'entrée de la pièce pour voter, la personne s'identifie avec la puce de sa carte d'identité.

Une fois la grille remplie, le votant identifie sa sortie avec sa CIPI et le nom de la personne suivante s'affiche automatiquement, à son tour, en vert à la place du précédent ;

En cas de décalage temporel (une personne prend plus de temps qu'alloué) son nom s'affiche alors en rouge pour signaler le décalage.

La grille finale d'une personne est le résultat de la moyenne de toutes les grilles pour cette personne.

Cette grille donne le **Coefficient Salarial Mensuel**.

Le **Coefficient Salarial Annuel**, qui est la moyenne des douze derniers Coefficient Salarial Mensuel, détermine le salaire de mois en cours (Exemple de calcul ci-après).

Le salaire est déterminé pour le « Temps de Travail Raisonnable » en fonction du Salaire Fondamental Coefficienté (SFC).

Pour les travailleurs ayant moins d'un an d'ancienneté, le salaire du premier mois est le Salaire Fondamental Coefficienté (correspondant à leurs conditions de travail et spécificités de travail), acté par le Collège, puis, jusqu'au treizième mois, le calcul est fait à partir de la moyenne des résultats des mois précédant, le Coefficient Salarial prenant effet dès le deuxième mois de travail.

Les périodes de non-activité pour raison valable (maladie, accident invalidant, …) ne sont pas prises en compte.

CALCUL DU SALAIRE :

A chacun des critères de la Grille Salariale est affecté un nombre de points entre 0 et 10.

Pour un mois donné, la somme des points obtenus est divisée par le nombre de points évalués pour donner le **Coefficient Salarial Mensuel**.

La moyenne des douze derniers Coefficients Salariaux Mensuels donne le **Coefficient Salarial Annuel (CSA) (actualisé chaque mois)**.

Le Salaire Fondamental Coefficienté correspond à un Coefficient Salarial Mensuel de 0,5.

$$\textbf{Salaire = SFC x (1 + (CSA - 0,5))}$$

Exemples :

Travailleur 1 obtient pour les douze derniers mois un Coefficient Salarial Annuel de 0,7

Son salaire du mois en cours est de :

SFC x (1 + (0,7 - 0,5)) = SFC x (1 + 0,2) = SFC x 1,2

Travailleur 2 obtient pour les douze derniers mois une Coefficient Salarial Annuel de 0,3

Son salaire du mois en cours est de :

SFC x (1 + (0,3 - 0,5)) = SFC x (1 − 0,2) = SFC x 0,8

NB : Tous les cinq ans, le SFC est recalculé pour chaque travailleur à date anniversaire d'entrée dans l'ECC, en devenant la moyenne des salaires obtenus sur les cinq dernières années.

NB : Les décisions du Collège de Gérance doivent être motivées et il peut être fait appel au Collège Modérateur.

NB : Le bon fonctionnement des ECC nécessite de pouvoir prévoir, anticiper.
Pour cela sont pris en compte les résultats « attendus », qui sont fonction des résultats statistiques.

De ce fait, une baisse d'au moins 20% du Coefficient Salarial Annuel entraîne une analyse du cas par les membres élus du Collège de Gérance (qui peut pratiquer des consultations au sein du Collège de l'ECC), qui peut statuer en fonction de ses résultats.

NB : Les diplômes, ou niveaux d'étude, ne sont pas pris en compte dans le calcul des salaires (Les « études supérieures » donnent lieu à des compensations équitables correspondantes à du temps de travail) mais seulement l'apport de l'individu, avec ses spécificités en tant qu'individu (rapport à l'investissement personnel), à l'ECC par rapport à une « moyenne » définie comme base.

NB : Si une réindexation des salaires doit avoir lieu, elle se fait sur la base d'un pourcentage unique appliqué sans exception à tous les SFC.

NB : Le local équipé pour voter dans les ECC est fonctionnel pour toutes les démarches soumises au vote dans la Collectivité.
Ainsi, s'il travaille dans une ECC, sans se rendre à l'Agora ou un Point Collectif, chacun peut s'exprimer directement depuis son lieu de travail.
De plus, les informations collégiales sont diffusées sur l'Écran Général d'Information.

Il en va de même pour les principales structures administratives recevant du public.

M. Lambda : « Avec ces évolutions des moyens de participation, nous avons immensément gagné en efficacité, praticité et implication des Citoyens dans la vie collective. »

Mme Lambda : « Certes !
Il y a bien sûr eu, au début, le lot de réfractaires qui accompagne tout changement. »

Lui : « Ceux qu'une part d'inconnu inquiète s'y opposent presque systématiquement. »

Elle : « Leur rôle est certaines fois utile en mettant en évidence des points jusqu'alors non, peu, ou mal considérés. »

Lui : « La mise en place des Cartes d'Identité à Puce d'Identification a fait face aux mêmes résistances que, en son temps, dans l'ancien système, la mise en place des cartes Vitales, à puce, pour les besoins de « l'assurance maladie » de l'époque. »

Elle : « L'expérience a eu raison des doutes. »

Lui : « Aujourd'hui nos cartes d'identité nous apportent tellement de confort de vie au sens le plus large et d'intégration collective, qu'on ne saurait pas s'en passer. »

FIXATION DES PRIX

Cette partie ne traite, bien-sûr, que des prix pratiqués par la Collectivité.

Le secteur privé, quoi que soumis à la loi Collective, l'Impôt et la TU, est libre de sa gestion.

Les prix des produits issus des Entreprises Coopératives Collective ne sont plus fixés, comme ce fut certaines fois, voire souvent, le cas dans l'ancien système, en fonction des bénéfices attendus, des potentiels d'utilisation, attentes ou pressions des actionnaires (il n'y en a plus, donc plus non plus de cotation en bourse ou de spéculation financière).

Il n'y a plus d'enrichissement sans cause, sans production du travail correspondant, c'est à dire création de valeur.

L'économie collective est une économie réelle, c'est-à-dire concrète, correspondant à la production ou la consommation réelle de biens et de services en dehors de toute spéculation.

Les prix des produits correspondant aux besoins fondamentaux et primaires issus des ECC sont fixés en fonction des :

- Coût des matières premières

- Coût de la main-d'œuvre

- Coût de l'amortissement de l'outil de travail

- Coût de l'entretien de l'outil de travail.

- Imposition (correspondant à la proportion d'utilisation des moyens fournis par la Collectivité).

L'amortissement de l'outil de travail a, comptablement, une durée déterminée.
De ce fait son incidence sur les prix aussi.
Une fois l'outil de travail amorti, le coût de son amortissement disparaît dans la fixation des prix.
L'outil de travail fait partie du Bien Commun Collectif.

Les prix des produits et services issus des ECC et correspondant aux besoins fondamentaux ou primaires sont donc égaux à leurs coûts réels pour la Collectivité.

C'est la raison pour laquelle ils ne sont pas soumis à la TU (il n'y a pas de valeur ajoutée à prendre en compte puisqu'aucune marge bénéficiaire n'entre en ligne de compte dans le calcul de ces prix).

Les prix des produits et services issus des partenaires privés de la Collectivité ne sont pas non plus soumis à la TU si les rémunérations de ces partenaires correspondent à celles des travailleurs correspondants des ECC et que leurs modes de fixation sont les mêmes. Le bénéfice de ces partenaires privés correspond donc à un salaire.
Toutefois ces partenaires privés peuvent n'affecter qu'une partie de leur production à ce partenariat.

Les prix des produits et services issus des ECC et correspondants aux besoins secondaires :

Au calcul précédent est appliquée une marge bénéficiaire égale à la TU.

Les produits issus de la mise sur le marché des biens et services issus des ECC reviennent au Bien Commun.

M. Lambda : « Nous, la Collectivité, avons réussi un modèle social remarquable, même si, comme pour toute chose, cela n'est pas parfait, et demande à être travaillé mais surtout préservé, sans relâche ! »

Mme Lambda :   « Je trouve particulièrement remarquable l'influence du modèle collectif sur le modèle privé.

Il y a comme une sorte d'aspiration irrésistible vers l'équité. »

Lui :   « Oui, irrésistible, c'est le mot.

Notre mode de fonctionnement, d'imposition et de taxation avantage les entreprises privées, le capital, tant en coûts qu'en allégement de toute la partie administrative, d'où un gain important d'attractivité.

Toutefois, leur fonctionnement ne peut, de fait, se faire qu'avec des Travailleurs équitablement rémunérés, au moins autant que dans les ECC, et une production vendue au prix du marché, dicté par la production collective.
Sans cela, les travailleurs déserteraient le privé au profit des ECC, toujours à même de leur fournir du travail, et les produits ou services du privé ne se vendraient pas, au profit de ceux issus des ECC. »

Elle :   « Le prix du marché, dans la Collectivité, pour les Citoyens, correspond au prix de la production collective.

Il est donc impossible pour le domaine privé de pratiquer une politique de salaires ou de prix abusifs. »

Lui : « Même chose pour l'emploi.

La Collectivité disposant de travail équitablement rémunéré pour tout Citoyen, le domaine privé ne peut trouver de main-d'œuvre qu'en la rémunérant à minima au moins au même niveau que la main-d'œuvre collective. »

Elle : « Et pour les prix des produits et services, surtout fondamentaux et primaires, hors du quota individuel fourni sans contrepartie à tout Citoyen remplissant sa participation au Bien commun, la Collectivité étant en mesure de fournir le marché collectif, le domaine privé doit aligner ses prix sur ceux de la Collectivité, tout du moins pour la partie basique des produits ou services, et ne peut jouer, pour vendre plus cher, que sur les options qui leur sont ajoutées. »

Lui : « **Ce qui implique au privé de ne pas répercuter la TU sur le client final !**

La TU est, de ce fait, bien payée à chaque étape de la chaîne de production de biens ou de services. »

Elle :   « Nombre de septiques pensaient, au début, que le quota individuel de besoins fondamentaux et primaires, sans fioriture, fourni sans contrepartie à tout Citoyen accomplissant sa participation légitime au Bien Commun, étant assumés par la Collectivité, et les fournitures supplémentaires de ces biens et services par la Collectivité à un coût équitable, donc bien plus bas que dans l'ancien système, cela nuirait gravement à l'économie globale de la Collectivité. »

Lui :   « Et bien non !

Force a été de constater que ce fut bien le contraire.

L'effet produit a été une croissance des ventes de produits et services payants, fondamentaux et primaires, mais surtout secondaires, qui a bien profité au domaine privé, grâce à l'**augmentation** induite de fait **du pouvoir d'achat**. »

La lecture de l'exposé se termine sur le constat que l'équilibre collectif global des salaires, des prix, de la Taxe Unique, l'Impôt et l'Administration Collective a, outre l'amélioration des conditions de vie, dynamisé l'économie collective grâce à la déflation qu'il a engendrée, d'où une augmentation conséquente de la consommation.

Cette augmentation de la consommation a eu bien des conséquences positives, dont, essentiellement :

- Augmentation de la demande en biens et services, donc

- Augmentation de la demande en productions, donc

- Augmentation de la demande en mains-d'œuvre, donc

- Croissance des facteurs de production, donc

- Augmentation des ressources perçues par la Collectivité (TU et Impôt), donc

- Enrichissement du Bien Commun Collectif, d'où

- Renforcement économique, matériel et financier croissant de la Collectivité dans la meilleure équité.

SYNTHÈSE INTERMÉDIAIRE

Elle : « Te souviens-tu de nos interminables discussions, il y a bien longtemps, avant la Collectivité, sur « Les classes sociales » ? »

Lui : « Bien sûr !

Elles s'articulaient principalement autours de deux mots : « Prolétaire » et « Bourgeois », ainsi que de leurs relations. »

Elle : « Et après maintes recherches d'informations, nous nous étions accordés sur la définition de Karl Marx et Friedrich Engels disant que

« Les bourgeois sont la classe sociale qui possède les moyens de production d'une société capitaliste et qui, de ce fait, est la classe dominante de cette société. ». »

Lui : « Et que

« Les prolétaires sont les salariés et les chômeurs qui, pour pouvoir vivre, sont obligés de vendre leur travail à la bourgeoisie qui, pour gagner plus, cherche à diminuer le coût de leur travail.». »

Elle : « D'où le concept de « lutte des classes », ces intérêts étant antagonistes. »

Lui :　« Alors que leurs existences sont complémentaires.

Il faut des moyens de production, et il faut des personnes qui les font fonctionner. »

Elle :　« D'où une dynamique, souvent malheureuse, et, peut-être, la pensée de Karl Marx disant que

« la lutte des classes est le moteur de l'Histoire.». »

Lui :　« L'idée était que, les bourgeois exploitant autant que possible le travail des prolétaires, les prolétaires veuillent écarter les bourgeois de l'exercice du pouvoir et supprimer l'exploitation économique en faisant ainsi disparaître les classes sociales. »

Elle :　« La disparition de domination de classe aboutirait à une société communiste, mouvement politique né après la première guerre mondiale, telle qu'écrite par Karl Marx avec la participation de son ami Friedrich Engels dans le « Manifeste du parti communiste » publié en février 1848. »

Lui :　« Je ne suis pas loin de penser que, dans l'ancien système, où la structure sociale reposait sur l'existence des classes sociales, **tout ne reposait que sur la répartition**, à tous niveaux, **du Bien Commun.** »

Elle : « Et que la gestion de cette répartition par qui avait le pouvoir, politique ou financier, avait pour but le maintien de ces classes sociales, si inéquitables, destructrices, assassines, et ceci par pure cupidité, au plus grand mépris du genre humain. »

Lui : **« La manipulation était l'outil du système. »**

Elle : « Pour son maintien et son acceptation. »

Lui : « Nous avons évoqué le communisme, issu des doctrines du socialisme, né au début des années 1800, et pour la plupart du Marxisme (Manifeste du parti communiste en 1848), fondé sur la suppression de la propriété privée au profit de la propriété collective visant à la disparition des classes sociales, issu du capitalisme, dans le but d'obtenir une organisation sociale et économique plus juste pour la meilleure équité collective, mais nous devrions aussi parler de l'anarchisme. »

Elle : « L'anarchie, en tant que conception politique et sociale, est un sujet que je trouve passionnant, un idéal qui n'est peut-être réalisable qu'au niveau personnel, mais dont la recherche peut tirer l'ensemble vers du mieux. »

Lui :   « Avis partagé, mais si peu de gens en connaissent ne serait-ce que les principes de base. Beaucoup n'entendent alors que l'idée d'une situation chaotique, une forme de jungle sans repère, sans cadres, où règne la loi des plus forts, alors que c'est tout le contraire. »

Elle :   « C'est même l'absolu contraire ! »

Lui :   « Il existe pourtant quantité de supports, de livres, d'informations de tous ordres et horizons pour s'informer et ne pas rester dans les erreurs, quelques fois graves, où nous conduisent des propos déformés, usurpés par un usage inconsidéré, quelquefois, voire souvent, inconscients. »

Elle :   « Une de mes définitions préférées vient de celui qui fut le premier à se réclamer anarchiste, Pierre-Joseph Proudhon, en 1840, soit guère après les prémices du socialisme :

« La liberté est anarchie, parce qu'elle n'admet pas le gouvernement de la volonté, mais seulement l'autorité de la loi, c'est-à-dire de la nécessité ». »

Lui : « Belle citation, belle définition !

On y trouve bien une société où il n'existe pas de chef, mais une autorité dans une organisation sans domination unique ayant un caractère coercitif »

Elle : « On trouve aussi dans ses réflexions :

« L'anarchie est le plus haut degré de liberté et d'ordre auquel l'humanité puisse parvenir ». »

Lui : « L'Eclaireur, un auteur inconnu du public, en a parlé comme de

« La liberté de tous dans le respect de chacun ». »

Elle : « Ça me plait. »

Lui : « J'aime aussi beaucoup ces mots de Jacques Elisée Reclus :

« L'anarchie est la plus haute expression de l'ordre », à quoi j'ajouterais volontiers « et du respect ». »

Elle : « Quoi que souvent diffuses, ces expériences sociales sont dans le conscient collectif. La Collectivité me semble en avoir fait une synthèse réalisable et réalisée, la plus juste et équitable possible. »

Lui : « La Collectivité n'est ni communiste, ni anarchiste, mais elle est établie dans un esprit d'équité et de justice, et s'efforce de l'être toujours plus. »

Elle : « Il n'y a plus ni de bourgeois, ni de prolétaires, seulement des Citoyens libres de s'exprimer et tous autant pris en compte dans une communauté de vie cohérente qui tend vers l'harmonie. »

Lui : « Il n'y a plus de classe sociale, de relation dominante, de possession privée exclusive de certains moyens de production, de personne obligée de se vendre à d'autres dans des rapports déraisonnables, proches de la soumission. »

Elle : « Il n'y a donc plus de « lutte des classes » mais une dynamique partagée. »

Lui : « Parmi les autres discriminations sociales majeures, et leurs conséquences, que la Collectivité a résolues, il y avait la notion de « **capital humain** », que défini Edmond Goblot en 1925. »

Elle : « Oui,

« **L'ensemble des aptitudes accumulées par un individu et déterminant sa capacité à travailler ou à produire.** » »

Lui :   « Discriminations relationnelles, discriminations par les connaissances, et surtout des discriminations sociales entre diplômés et non-diplômés. »

Elle :   « La paupérisation. »

Lui :   « Et l'exclusion sociale. »

Elle :   « Fini, tout ça !

Fort de ses spécificités, chacun est intégré, chacun est important, chacun est considéré et valorisé, chacun avec autant d'importance car chacun est indispensable en tant que tel dans une société où il est pleinement pris en compte, toujours dans l'équité. »

Lui :   « Oui, fini tout ça !

Nous pouvons, Collectivement, en être fiers ! »

Durant les dix dernières années, dés l'instauration du fonctionnement collectif, et surtout dans ses débuts, les débats des Collèges ont été très intenses pour poser, pour créer l'architecture de fonctionnement de la Collectivité, clarifier et remanier les textes existants, écrire les nouveaux textes fondateurs, pour aboutir à un **CODE FONDAMENTAL COLLECTIF** simple, épuré, mais efficace et exhaustif, ainsi que d'organiser le fonctionnement général pour qu'il réponde aux exigences des objectifs en mettant en place les dispositions adéquates (Voir : «Pour une Collectivité équitable - Première partie : La base »).

Les débats organisés pour ce dixième anniversaire ont été très largement suivis et ont donné lieux à une foule d'interventions, ceux-ci ayant lieu le samedi et étant accessibles à tous, directement dans les Agoras, ou sur les Écrans Généraux des ECC, dans la salle commune des Points de Rencontre Collectifs, sur le site Intranet de la Collectivité avec possibilité d'intervention en visioconférence ou par mails, ou encore suivis dans l'Hebdomadaire Collectif.

Les votes, associant tous les Citoyens, ont pu avoir lieu par les mêmes moyens grâce à l'identification par Carte d'Identité à Puce d'Identification plus le code correspondant.
Les votes sont gérés par le Système Informatique Central.

Il en va de même pour toute consultation collégiale, que ce soit au niveau local, sectorisé, ou territorial.

Chacun peut ainsi accéder, avec une aide si besoin, aux outils de fonctionnement de la Collectivité.

SUR LES BESOINS FONDAMENTAUX ET PRIMAIRES

Principaux secteurs concernés :

- Énergie
- Chauffage

La question des besoins énergétiques fondamentaux et primaires (chauffage compris) a été immensément simplifiée par l'aboutissement de la reprise des travaux de Stanley MEYER et leurs adaptations, entre tant d'autres, aux chaudières domestiques et tous types de moteurs.

Dès que furent effectifs ces résultats, un programme d'équipement général a été mis en œuvre et développé sur tout le Territoire Collectif.
Il est aujourd'hui abouti.

Les quotas correspondants envisagés au tout début de la mise en place de la Collectivité n'ont plus lieu d'être.

M. Lambda : « Je me demande, maintenant, comment pouvait-on accepter, dans l'ancien système, quand on mettait cent euros de carburant dans le véhicule, que soixante euros, soixante pour cent donc, ne soient que des taxes ! »

Mme Lambda :   « Pour moi, c'était une forme de racket pour compenser une mauvaise gestion des finances publiques, du moins une gestion inéquitable, pour le plus grand profit de certains. »

Lui : « Je ne vois aussi que ça comme explication. »

- Eau

Le réseau de distribution de l' « eau du robinet », ou « eau de distribution », étant devenu uniformément collectif sur tout le Territoire Collectif, la gestion des quantités fondamentales et primaires auxquelles ont droit les citoyens ne pose aucun problème.

Le traitement de l'eau, en amont et en aval de sa consommation, dépend de l'Administration Générale Collective.

Au-delà des quotas fondamentaux et primaires, une compensation équitable unique par mètre cube utilisé est due par l'utilisateur sur cet excédent.

- Transports

La facilitation des transports et du stationnement, professionnels ou particuliers, tant en terme de coût (moteurs à eau) que de structures, dont la gratuité de toutes les voies de communication routières (autoroutes comprises, hors activités secondaires gérées par le secteur privé) ainsi que celles ferroviaires ou aéronautiques déclarées fondamentales ou primaires, a largement contribué au développement économique de la Collectivité, et, de fait, à celui du Bien Commun.

Les transports en commun sont uniformément présents sur le Territoire Collectif et sont gérés par l'Administration Générale Collective.

- Nourriture

La production quasi-autonome de la Collectivité couvrant ses besoins fondamentaux et primaires et les mises à disposition dans son **Réseau de Distribution Collectif**, uniforme sur l'ensemble du Territoire Collectif, permettent de mettre sur le marché collectif les produits de la production collective, et de ses partenaires privés, en répondant aux besoins fondamentaux et primaires des Citoyens conformément aux directives collégiales.

L'enseignement de l'hygiène et l'équilibre alimentaire dans le socle de base du Système Éducatif Collectif comme des facteurs de bonne santé, physique et mentale, en association avec l'activité physique appropriée, montre maintenant des résultats très positifs dont une nette diminution de l'obésité et de l'ensemble de ses conséquences, diminution des problèmes cardio-vasculaires et des troubles de la circulation sanguine, diminution du diabète, des problèmes dit de cholestérol, …, d'où autant d'**économie pour les besoins en Couverture Sociale Collective**.

Rappelons comme notion de base que les composants fondamentaux de notre alimentation sont : Glucides (sucres), Lipides (graisses), Protéines (viandes, poissons, œufs, riz), et que, en fonction de l'activité physique pratiquée, leurs répartitions recommandées sont :

- Glucides :   45 / 65 %
- Lipides :   20 / 35 %
- Protéines :   10 / 37 %

Des initiatives connexes sont en cours afin d'explorer des pistes jusque là délaissées qui permettraient d'améliorer la qualité de notre alimentation, ainsi que son coût, tout en augmentant notre indépendance territoriale.

En effet, au regard des besoins toujours croissants en nourriture, des pratiques existantes, certaines fois depuis des temps très anciens, de par le monde, et des coûts de production, des unités de recherche de la Collectivité ont entrepris très sérieusement l'étude de possibilités jusqu'alors délaissées, ou très marginales, relevant chez nous de l'exception.

Les insectes comestibles :

L'entomophagie, c'est-à-dire la consommation d'insectes par l'être humain, est fort rependue dans bien des régions sur la Terre, en Amérique du Nord, Amérique Centrale et Amérique du Sud, en Afrique, en Asie, chez les Aborigènes d'Australie …

Plus de 1 900 espèces d'insectes comestibles ont été recensées (la plupart des insectes sont comestibles), faisant partie de la consommation alimentaire régulière de plus de deux milliards de personnes, et de plus de quatre milliards en considérant la consommation opportuniste.

Quelle est leur valeur nutritionnelle ?

Les insectes sont majoritairement constitués de protéines, elles-mêmes composées de tous les acides minés essentiels, c'est-à-dire les acides aminés indispensables au bon fonctionnement de l'organisme mais que l'organisme ne peut pas produire, ou ne peut pas produire suffisamment, et qui doit donc être apporté par l'alimentation.
Ils apportent autant de protéines que les viandes (blanches ou rouges), **le lait ou le poisson.**

De plus les insectes contiennent des fibres alimentaires, c'est-à-dire des fibres d'origine végétale, sous la forme d'un polysaccharide : la Chitine, indispensables au bon fonctionnement du transit intestinal et à la santé générale de l'Être Humain.

108

Les insectes sont pauvres en glucides et seules de rares espèces contiennent beaucoup de matière grasse.

De ce fait **les insectes sont recommandés pour leur grande valeur nutritive**.

L'élevage d'insectes comestibles ne demande que peu d'investissements techniques, donc un faible coût de production pour un produit de grande valeur nutritionnelle.

De plus, ils peuvent être un **développement supplémentaire (et complémentaire) de l'agriculture, facilement accessible**.

Constat au début de la Collectivité : Alors que l'agriculture d'élevage produirait environ dix-huit pour cent des émissions humaines de dioxyde de carbone, gaz à effet de serre, et soixante-quatre pour cent des émissions humaines d'ammoniac (résultant à quatre-vingt-quatorze pour cent des déjections animales et des engrais azoté de l'agriculture et l'élevage) qui contribuent à la formation de particules fines, les études de ces dix dernières années montrent que l'élevage d'insectes produirait **quatre-vingt-dix-neuf pour cent de moins de gaz à effet de serre que l'élevage bovin !**, sans compter toute la diminution d'émission d'ammoniac.

Les résultats obtenus à ce jour sont très prometteurs et les insectes sont déjà rentrés dans la plupart des régimes alimentaires de la Collectivité.

La viande de rat :

Elle souffre, dans la culture occidentale, d'un à-priori fort négatif en étant associée aux égouts et aux ordures.

Le rat est aussi associé à la peste étant donné que, durant les terribles épidémies de peste, les rats mourraient de façon presque concomitante aux Humains.
C'étaient donc eux qui véhiculaient la maladie !

C'EST FAUX !

Nous savons aujourd'hui, depuis la toute fin du dix-neuvième siècle, que la peste frappe d'abord le rat et que ce sont ses puces, et seulement elles, qui transmettent la maladie à l'Humain.
Quand le rat meurt, elles cherchent un nouvel hôte, et, en l'absence de rongeur, l'Humain fait l'affaire.

Il est intéressant de constater que **plusieurs espèces de rats, et de petits rongeurs, sont mangées en Asie et en Afrique.**

Le loir, petit rongeur ressemblant fort à la souris, était élevé et engraissé pour être **mangé par les romains dans l'antiquité**.

Intéressant aussi de se rappeler qu'en occident, donc chez nous, on a mangé du rat en situation de guerre, l'épisode du siège de Paris en 1870 en étant l'exemple le plus connu.

Toutefois, attention, pour être sûr de manger du **rat** « **sain** », il doit s'agir de rats d'élevage, pas de ceux libres, comme les rats d'égout, qui se nourrissent de saletés et d'ordures.

Des élevages de certaines espèces de rats se sont développés de par le monde où le rat a été introduit dans les circuits commerciaux (restaurants, …).

L'élevage de rats présente des **avantages considérables** :

- Le rat résiste à beaucoup de maladies et de parasites.
- L'élevage du rat requiert peu de moyens financiers et matériels.
- L'élevage du rat n'épuise pas les ressources naturelles (contrairement à celui du bétail).
- La gestation du rat étant entre vingt et trente jours, selon les espèces, les rendements de son élevage sont très conséquents.
- Il peut être un **développement supplémentaire (et complémentaire) de l'agriculture, facilement accessible**.

De plus, la **viande** de rat est **très grasse**, comme celle du cochon de lait, et **riche en protéines** !

De très nombreuses recettes existent pour cuisiner le rat, avec ou sans accompagnement.

Les groupes de recherche collectifs se sont plus particulièrement intéressés au « **Rat musqué** ».

Attention : Il ne s'agit pas du Ragondin ou du rat d'eau !

Le rat musqué (Ondatra zibethicus) mesure trente à quarante centimètres de long et pèse jusqu'à un kilo et demi.
Sa période de gestation est de vingt-huit jours avec six à sept petits par portée.

Il a déjà été élevé en Europe au début du XXe siècle, et des individus, échappés des élevages, ont colonisé les cours d'eau, les milieux naturels et agricoles.

La viande de rat musqué est sans danger et fait partie des meilleurs aliments qui soient pour la santé.

Elle est, entre autres, une excellente source de protéines, de fer et de vitamines B.

Le fer assure la santé sanguine (Hémoglobine des globules rouges, qui fixent l'oxygène arrivant dans les poumons pour le transporter par voie sanguine vers les cellules de tout l'organisme).

Les protéines sont nécessaires pour former et régénérer toutes les parties du corps.

La commercialisation de la viande de rat musqué dans la Collectivité ne cesse de se développer depuis la création des premiers élevages.

- Couverture Sociale Collective

La Collectivité a mis en place une couverture sociale équitable, c'est-à-dire complète et gratuite pour tous sur les besoins de base, c'est-à-dire dans tous les secteurs de la santé, y compris, bien sûr, les démarches préventives (qui diminuent le coût global de la couverture sociale en agissant en amont des problèmes), la vue, l'ouïe, le dentaire, ...

Celle-ci est gérée et financée par l'Administration Générale Collective.

Pour chaque citoyen, dès sa naissance, un suivi médical, à but essentiellement préventif, est établi. Celui-ci est générique, ou spécifique dans les cas où des particularités sont constatées.
Il évolue, bien sûr, en fonction de l'état de santé tout au long de la vie.

Le non respect avéré de ce suivi médical, et de ses prescriptions incontournables (considérées comme indispensables), entraîne la suspension des droits relatifs avec remboursement du coût, pour la collectivité, des cinq dernières années.
Ce suivi médical est géré par le Système Informatique Central.

Depuis sa mise en place effective, la Collectivité constate déjà une nette amélioration générale de l'état de santé des citoyens, et, de fait, une nette baisse du coût de la couverture sociale.

- Bancaire

L'action de la **Banque Collective** (Voir « Pour une collectivité équitable - Première partie : La base ») en terme de collecte initiale de toute les transactions financières relatives au Territoire Collectif (avant une éventuelle remise immédiate, intégrale et sans coût à un autre établissement bancaire privé) a permis de très conséquents gains suite aux fraudes évitées.

Par ailleurs ce fonctionnement, facilitant grandement le soutien à l'économie réelle, à entraîné une évidente amélioration de la gestion des finances sur le Territoire Collectif ainsi que de l'investissement personnel, et a, de fait, contribué nettement à l'essor de l'économie sur le Territoire Collectif.

- Logement

Le **Parc Locatif Collégial**, initialement constitué de l'ensemble des logements gérés par l'ancien système, essentiellement les HLM, maintenant totalement et directement géré par l'Administration Générale Collective, remplit pleinement son rôle et se développe dans le respect de logements aux conditions de vie agréables.

La Collectivité a tout de suite stoppé tous les projets de vente d'appartement, comme de tout bien immobilier lui appartenant, en leur affectant des fonctions utiles, comme le logement pour ce qu'il en est, entre autres, des HLM, mais aussi locaux administratifs, Points Collectifs, réseau de mise à disposition, ….

Les relations Collectivité/Bailleurs privés (Voir «Pour une Collectivité équitable - Première partie : La base ») ont pleinement porté leurs fruits et le parc locatif privé s'est ainsi, lui aussi, largement développé.

Dans ce cadre, l'offre de logement associée aux moyens de s'acquitter des loyers (voir «Pour une Collectivité équitable - Première partie : La base ») a entraîné la **disparition des SDF.**

- Justice et sécurité.

L'ensemble des forces de l'ordre dans le domaine civil (essentiellement police et gendarmerie de l'ancien système), ne font plus qu'un seul corps unifié, ce qui a augmenté leur efficacité.

L'utilisation des CIPI a entraîné une nette amélioration de la sécurité, que ce soit préventivement ou curativement grâce une meilleure identification et gestion des individus.

L'application de la loi est gérée par les Collèges compétents selon les principes explicités dans «Pour une Collectivité équitable - Première partie : La base ». A ce sujet, la nouvelle architecture du système judiciaire (Voir : «Pour une Collectivité équitable - Première partie : La base »), plus proche des personnes et des réalités « du terrain » a pour conséquences moins de peines de prison ferme, disproportionnées et préjudiciables, tant condamné qu'à la Collectivité, au profit de peines de « réparation » avec un objectif « éducatif » et de socialisation.

Par ailleurs, constatant que l'emprisonnement est une institution désocialisante, voire criminogène, qui augmente les risques de récidive, accroît les facteurs de délinquance, les difficultés d'insertion et les difficultés conjugales, les Collèges se sont concertés pour améliorer cette situation.

Au regard des expérimentions menées à l'étranger, essentiellement au Danemark, le constat fur le suivant :

- Les coûts d'une prison ouverte sont deux fois plus faibles que pour une prison fermée.

En ce qui concerne la récidive, alors que soixante-trois pourcent des personnes condamnées, dans l'ancien système, à de la prison ferme étaient recondamnées dans les cinq ans après leur sortie,

- Le modèle Danois possédait l'un des plus faibles taux d'incarcération et taux de récidive au monde ;

Partant de ce constat, la Collectivité à instauré, sur le modèle Danois, les « prisons ouvertes » pour les peines de moins de cinq ans, ou évolutions de cas spécifiques plus « lourds » en fin de peines.

Ni murs, ni miradors, pas d'œilleton sur les portes des cellules, mais des caméras dans les couloirs et les espaces publics.

Les prisonniers circulent librement, ont la clef de leur cellule qui a des commodités proches d'un studio, ont une télévision et doivent cuisiner eux-mêmes leurs repas dans une cuisine commune, en commandant sur un écran leurs ingrédients, faire leur lessive, ….

Le week-end les familles peuvent passer la journée avec les détenus, des aires d'accueil sont prévues pour les enfants.

Les détenus ont accès à des lieux de culte, activités sportives, bibliothèque, ont un accès limité à Internet et au téléphone.

Les gardiens ne sont pas armés et portent juste un boîtier d'alarme.

Ils sont formés pour apaiser les tensions.

Les détenus sont, eux, formés en vue de leur réinsertion dans la société.

La journée type d'un détenu se décompose ainsi :

- De vingt-et-une heure à sept heures il est enfermé dans sa cellule.

- Huit heures : Travail, cours, programme, traitement, …

- À partir de quinze heures : Temps libre, où faire du sport est possible.

Si un détenu s'évade, une fois rattrapé il ira dans une prison fermée pour finir sa peine. « De quoi réfléchir avant de tenter l'évasion ! ».

Aujourd'hui le taux de délinquance et de criminalité à baissé dans la Collectivité, et cette baisse se poursuit en s'accentuant.

- Jardins Potagers du Peuple

Chaque famille qui le souhaite peut disposer d'un jardin potager type, et sans coût, sur les terres de la Collectivité, affecté par le Collège compétent.

Le premier constat de cette mesure est une forme d'apaisement, ressenti essentiellement par les Citoyens qui, jusqu'alors, ne disposaient même pas d'un peu d'espace extérieur à leur logement.

Le plaisir de pouvoir cultiver ses légumes se révèle contribuer à un équilibre intérieur qui se répercute sur le comportement général des individus, tant au niveau personnel, familial, que social.

Ceci a entraîné une diminution globale des conflits (dont les conflits de voisinage), bien au-delà de ce que le système répressif avait pu le faire dans le passé.

Les Jardins Potagers du Peuple sont une source d'économie domestique très appréciable, et contribuent à l'amélioration globale de la qualité de l'alimentation.

- Assurances

Le Service Collectif, géré par l'Administration Générale Collective, permet la souscription des **assurances obligatoires minimales**, et seulement celles-ci, **sans coût** pour le souscripteur (voir «Pour une Collectivité équitable : Première partie : La base»).

Il va de soit que ces assurances :

- Ne sont relatives qu'aux besoins fondamentaux ou primaires.

- Ne sont pas automatiques et doivent êtres souscrites par le bénéficiaire auprès de l'Administration Générale Collective qui peut ainsi les adapter (conditions particulières) aux demandes, les faire évoluer, et contrôler tout abus éventuel.

Le Collège compétent veille au respect des conditions inhérentes à la jouissance de ces assurances, définies très clairement dans les conditions générales et conditions particulières.

Le non respect avéré des conditions générales ou particulières entraîne la suspension de la gratuité avec remboursement du coût, pour la collectivité, des cinq dernières années.

- Habillement

Le **Fond Vestimentaire Collectif** (voir : «Pour une Collectivité équitable - Première partie : La base ») s'est très vite développé grâce aux dons fait par les Citoyens de vêtements dont ils n'ont plus l'utilité, et aux surplus ou invendus de l'industrie textile et du commerce.

Une compensation équitable leur est allouée par la Collectivité.

Les bénéficiaires se fournissent dans les Point de Distribution Collectifs.

- Communication

La communication est un vecteur essentiel du fonctionnement et de l'évolution d'une société.

Bien des trésors sociaux n'ont jamais été dévoilés et sont pour toujours perdus par le seul fait qu'ils n'ont jamais pu s'exprimer.

Le potentiel de la Collectivité a été considérablement augmenté grâce à l'importance donnée à la facilitation de la communication, essentiellement dans les domaines fondamentaux et primaires, et, par surcroît, dans les domaines secondaires (Voir : « Pour une Collectivité équitable - Première partie : La base »).

Bien des idées nouvelles à forts potentiels ont vu le jour et se sont réalisées pour les meilleurs fonctionnements et développements de la structure sociale et entrepreneuriale.

De fait, les domaines relatifs aux Services Collectifs, professionnels civils, sécuritaires, … s'en sont trouvés bien plus efficaces, et le développement général, secteur privé compris, des activités industrielles et de services ont connu un essor considérable (sans cesse grandissant) grâce à la collectivisation des axes et supports de communication principaux (Autoroutes, téléphonie collective, service postal, …)

- Système éducatif

Après quelques années, l'instauration du **Système Éducatif Collectif** (voir «Pour une Collectivité équitable : Première partie : La base »), stable (il n'est pas réformé « à tout va »), a commencé à donner des résultats très satisfaisants pour ce qu'il en est du Socle Commun de Connaissances (école, collège et lycée), tant au niveau des savoirs acquis qu'au niveau de la qualité des parcours choisis par les étudiants, mais aussi en termes de civisme et de qualité de vie sociale.

Maintenant, dix ans plus tard, les aboutissements des parcours d'études supérieures sont à la hauteur des espérances, tant en qualité de formation des étudiants qu'en qualités citoyennes de ces derniers.

De plus, en ce qui concerne les études supérieures, le « **contrat d'échange** » entre la Collectivité et chaque étudiant, qui prévoit :

- Une obligation d'implication minimale dans leur parcours, contrôlée par des agents de la Collectivité soumis strictement à la réserve,

- Un équilibre entre l'implication de chaque étudiant dans la Collectivité, et son parcours d'étude entièrement pris en charge,
Cette implication devant se faire dans son domaine et à son niveau d'étude,

- Le versement du Salaire Fondamental à l'étudiant,

- La prise en compte du temps d'études supérieures dans le temps de carrière raisonnable,

A permis :

- De diminuer le coût global des études supérieures pour la Collectivité,

- Favoriser l'intégration des étudiants dans la Structure Collective, ceux-ci y exerçant déjà leur activité durant leur parcours d'étude,

-Diminuer grandement le départ à l'étranger des étudiants formés sur le Territoire Collectif.

Enfin, les déplacements étant des besoins fondamentaux de la vie économique et du Citoyen, le « Permis de conduire » est enseigné au lycée, avec obtention en classe de terminale.

Par ailleurs, la Collectivité a reconnu que le travail de chaque enseignant est aussi important, que ce soit en utilité ou en pénibilité.

En effet, les débats ont mis en évidence que le rôle d'un enseignant de maternelle qui s'occupe d'enfants en bas âge et qui est la personne qui doit leur donner le goût, le désir d'apprendre (capital pour leur vie future) n'est pas moins pénible ni moins important que le rôle d'un enseignant « supérieur ».

De ce fait, les temps de travail et rémunérations sont identiques, les effectifs des classes étant équitables, tant pour la qualité de l'enseignement dispensé que pour les individualisations de prise en charge des apprenants.

D'autre part, en ce qui concerne les établissements d'enseignement du Socle Commun de Connaissances (école, collèges, lycée), leur présence est uniforme sur le Territoire Collectif, permettant une accessibilité physique similaire pour tous.

La partie civique du programme d'enseignement du Socle Commun de Connaissances (Voir : « Pour une Collectivité équitable - Première partie : La base ») permet aujourd'hui d'apprécier une notable amélioration dans la responsabilisation des actes citoyens par la compréhension du fonctionnement de la Collectivité et l'importance de l'implication de chacun, ainsi que des moyens à disposition pour ce faire, donc la conscience de l'importance et du rôle dans la Collectivité de chacun, chacun y étant pleinement partie prenante.

D'autre part, la partie du Socle Commun de Connaissances consacrée à l' « Éloquence » est un atout considérable dans les capacités d'implication du Citoyen lors des débats collectifs.

- Ensemble du Service Administratif Collectif

La gestion de toutes les Administrations Collectives, et des moyens de communication correspondants, sont pleinement et uniformément effectifs depuis n'importe qu'elle Unité de Population Locale grâce au Système Informatique Central.

L'accessibilité des Citoyens, et des entreprises du secteur privé, aux supports des démarches qu'ils ont à faire s'étant immensément simplifiée, le fonctionnement général de la Collectivité s'en est trouvé d'autant apaisé, tout comme le fonctionnement de secteur entrepreneurial à gagné en sérénité, d'où une dynamisation de l'activité générale associée et une meilleure qualité de vie sociale des personnes comme des entreprises.

124

Les locaux utilisés par les Administrations Collectives sont :

- Les locaux correspondant de l'ancien système,

- La réaffectation ou la transformation de locaux administratifs ou assimilés de l'ancien système n'ayant plus de fonction dans le Système Collectif (de nombreux locaux libérés suite à la simplification administrative, anciens locaux de Pole Emploi, locaux relatifs aux diverses taxations, locaux de la CAF, …)

Le Système Informatique Central, collecteur de toutes les informations administratives de chaque Citoyen, est un formidable outil de gestion.
Il a permis une efficacité, impensable il n'y a qu'une dizaine d'année, grâce à l'interconnexion des données.
Il permet, par ailleurs, un suivi au plus juste des droits et devoirs de chacun.

Impôt :

L'Impôt est maintenant unique et équitable.
Il est défini, comme vu dans « Pour une Collectivité équitable - Première partie : La base », par la « Contribution au Bien Commun » dont bénéficie chaque Citoyen remplissant ses obligations civiques.

L'Imposition est donc ramenée à la proportion d'utilisation des moyens fournis par la Collectivité.

Pour calculer l'Impôt, hors cas spécifiques, alors traités par les Collèges concernés, ont été calculés des quotas moyens d'utilisation du Bien Commun pour les diverses catégories de Citoyens et d'entreprises, qu'ils appartiennent au domaine privé ou Collectif.

L'Impôt ne dépend donc en rien des revenus ou des propriétés.

En ce qui concerne les salariés de la Collectivité : l'Impôt standard (indépendant des revenus) est collecté directement par la Collectivité en étant directement déduit du salaire.

En ce qui concerne les salariés du privé : l'Impôt standard (indépendant des revenus) est versé à la Collectivité directement par les entreprises.

En ce qui concerne les entreprises privées : Elles n'existent plus que sous deux formes :

- Entreprises individuelles (Anciennement artisans, professions libérales, ...

- Sociétés (Il n'en existe qu'une forme dans la Collectivité).

Dans le cas des sociétés, les membres de ces sociétés ne sont plus couverts par la notion de « personne morale » et sont donc responsables matériellement et financièrement des résultats de l'entreprise, que ce soit envers l'Impôt comme envers tout autre acteur de leur activité.

Dans ces deux cas (entreprises privées ou sociétés), les quotas définissant leur Impôt est calculé par les Collèges compétents en fonction de leur activité et acquitté par ces entreprises indépendamment des Travailleurs.

- Prise en charge des seniors
- Retraite

Il fut important de constater que face au discours de l'ancien système qui disait devoir alourdir les charges pesant sur le peuple pour pouvoir financer ces deux domaines car la population âgée augmentait, on ne prenait pas en compte l'augmentation de la population dite active, ni l'augmentation de la richesse produite et celle du Bien Commun.

Aujourd'hui, la Gestion Collective Globale (totalement différente) permet, **sans coût à leur charge**, une vie à minima décente des seniors, intégrés au tissu collectif, et respectueuse de leurs désirs de vie, comme le maintien à domicile aussi longtemps que possible ou leur accueil respectueux, digne et décent dans des structures adaptées.

L'intégralité de ce qui leur était alloué par la Collectivité durant leur période de pleine activité (besoins fondamentaux et primaires, ainsi que le montant de leurs revenus) est intégralement maintenue au delà du **temps de carrière raisonnable**, tout en laissant possible la

127

continuation d'une activité, mais sans modification des ressources collectives.

Leur Impôt n'est donc pas modifié non plus.

En ce qui concerne les travailleurs du secteur privé, le maintien des revenus est alors ramené aux revenus des travailleurs correspondant dans les ECC.

La période de vie collective anciennement appelée « Retraite » s'inscrit maintenant parfaitement dans la continuité de la vie dite « active », permettant à chacun de continuer à vivre comme il le souhaite durant cette période, toujours avec le soutien collectif adéquat, adapté aux spécificités éventuelles de leur situation.

Le financement correspondant provient du Bien Commun, alimenté par l'Impôt, celui-ci étant acquitté par tous tout au long de la vie après les études correspondantes au Socle Commun de Connaissances.

- Obsèques

La mort étant la dernière étape de la vie, donc de la vie collective, la Collectivité, solidaire de tout Citoyen tout au long de sa vie, se doit de prendre en charge, pour qui ne souhaite pas faire appel au secteur privé, la partie matérielle des obsèques suivant une procédure type, identique pour tous.

Il va de soi que l'aspect spirituel de cet événement peut s'adjoindre à la procédure collective, mais cet aspect ne dépend pas de la Collectivité, par définition laïque.

Un cimetière est un lieu public où la Collectivité propose à tous un emplacement et une signalétique types pour chaque Citoyen décédé, s'il n'est pas fait appel au domaine privé pour cela.

Dans le cas de funérailles collectives, tous les aspects financiers et matériels sont pris en charge par la Collectivité.

- Défense

La gestion de la défense collective s'appuie elle aussi sur une structure collégiale mais, pour des raisons évidentes, comporte certains aménagements de gestion qui lui sont propres, comme expliqué dans « Pour une Collectivité équitable -Première partie : La base ».

Cette gestion a permis de diminuer significativement le coût de ce secteur, toutes choses étant égales par ailleurs.

Ici, comme partout, le fonctionnement a été simplifié par rapport à l'ancien système tout en gagnant en coût et en considération des Travailleurs.

LE LANGAGE

Le langage est défini comme la capacité de s'exprimer.

Il a donc pour but la communication, c'est-à-dire l'échange d'informations avec des interlocuteurs.

Le langage est le vecteur de préservation et de transmission d'informations.
Il est donc l'élément principal d'évolution sociale, d'enrichissement par la collégialité.

L'Histoire, en tant que période d'évolution Humaine, débute avec l'invention de l'écriture qui permet de fixer les connaissances, vers -3 300 en Mésopotamie.

Sur le Territoire de la Collectivité, l'Histoire commence en -450 avec les premiers comptoirs grecs (créés par les Phocéens, chassés par les Perses, principalement à Marseille, et à Aléria en Corse), mais surtout avec l'installation des Celtes (communauté indo-européenne) dans le territoire délimité par le Rhin, les Alpes et les Pyrénées (qui prendra le nom de Gaule).

Une fois le fonctionnement global de la Collectivité établi, une réflexion collective s'est engagée sur le rôle du langage en tant que moteur social, que vecteur de communication et de préservation des connaissances (par l'écrit), d'enrichissement collégial et de stabilité entre les peuples.

Il en est vite ressorti que le langage est le principal facteur d'évolution à tous niveaux, et que langage et culture sont intimement liés.

L'enrichissement collégial s'entend par les échanges d'informations, de connaissances, les confrontations d'idées, de réflexions, et la transmission de connaissances.

La « culture » peut se définir comme « ce qui est commun à un groupe d'individus et qui le soude », englobant les modes de vie, les systèmes de valeurs, les sciences, les lettres, les lois, les arts, les croyances, les traditions.

L'enrichissement culturel et la coopération entre peuples passe donc par un partage de la culture, et, donc, du langage.

D'autre part, ce qui identifie, distingue parfois, des groupes d'individus ainsi soudés va dans le sens du **nationalisme, pouvant exacerber les tentions entre sociétés.**

Les plus grands conflits mondiaux, première et deuxième guerre mondiale, pour ne citer qu'elles, sont nés du nationalisme.

Les réflexions collégiales ont donc mis l'accent sur l'importance d'avoir, tout autant que possible, un langage commun avec les autres sociétés tout en n'altérant pas la culture locale mais en l'enrichissant.

L'ESPÉRANTO est rapidement devenu l'axe des discussions.

Le 26 juillet 1887, Ludwik ZAMENHOF (Ludoviko LAZARO en espéranto), médecin polonais, publie « Langue Internationale - manuel complet de la langue construite », sous le pseudonyme « Doktoro ESPÉRANTO » (Le docteur qui espère), pseudonyme qui donnera par la suite son nom à la langue. Il fut nommé une douzaine de fois au prix Nobel de la Paix.

L'Espéranto est une « langue construite internationale », c'est-à-dire créée par des personnes dans un temps relativement bref, contrairement aux langues naturelles.

L'Espéranto est déjà utilisé comme langue véhiculaire (c'est-à-dire servant systématiquement de moyen de communication entre différents groupes) par les personnes d'au moins 120 pays.

L'Espéranto, qui ne peut être revendiqué par aucun pays, aucune Collectivité, peut donc être un lien neutre entre différentes cultures, et surtout, une **solution neutre et équitable aux problèmes de langues maternelles différentes**.

Dans les grandes lignes, l'Espéranto est une langue agglutinante fondée sur les bases lexicales de langues européennes avec les emprunts les plus communs possible, construite sur une grammaire sans exception, où la combinaison des mots donne un vocabulaire riche et précis par l'association d'un minimum de racines lexicales et d'affixes (ou morphèmes : plus petit élément significatif d'un mot) qui s'adjoint au radical d'un mot.

Ces particularités en font un langage facilement adaptable aux exigences les plus variées et facile à apprendre à tout âge.

L'association mondiale anationale publie le dictionnaire en Espéranto le plus important et reconnu internationalement : le « Plena Ilustrita Vortaro de Esperanto ».

On peut apprendre l'Espéranto à partir du « Manuel d'apprentissage », par Internet (gratuitement), par des cours associatifs en clubs locaux, cours par correspondance, stages.

Dans quelques pays des cours d'Espéranto font parti du cursus scolaire.

Un site Internet officiel existe sur le Territoire de la Collectivité : « esperanto-France.org ».

Les discutions collégiales ont, dans ce domaine aussi, relevé que les outils existent depuis longtemps mais n'ont jamais été développés.

La Collectivité a mis en première langue du cursus d'enseignement l'Espéranto, ceci pouvant servir de motivation à faire de même pour d'autres sociétés.

Il est enseigné dès la maternelle jusqu'à la sortie du lycée.
L'Espéranto est pratiqué au lycée pendant certains cours.

Il est utilisé pour les cours en études supérieures.

Les Médias Collectifs sont proposés en langue maternelle et en Espéranto.

CONCLUSION

La Collectivité a mis en place une organisation de production quasi-autonome pour les besoins fondamentaux et primaires, et en partie autonome pour les besoins secondaires, sur le Territoire Collectif.

La Gestion Collective a permis de se libérer totalement des aides extérieures, ou autres conventions étrangères contraignantes, ce qui a rendu à la Collectivité sa totale légitimité de décision en tout point qui la concerne.

Les accords avec l'étranger en cours lors de l'instauration de la Collectivité, sont bien-sûr, allés à leur terme avant que la Collectivité les redéfinisse ou ne les renouvelle pas.

Dans tous les domaines de production dépendant de la Collectivité ou de ses partenaires, et sur le Territoire Collectif, les Travailleurs sont assurés, à travers la Gestion Collective des ECC, d'une rétribution équitable, au moins égale au Salaire Fondamental.

Il n'y a plus de Citoyens en attente d'aides, subventions, allocations, … vivant maintenant sereinement et décemment, quelles que soient leurs spécificités, à toute période de la vie.

Il n'y a plus de concurrence étrangère pouvant, anciennement, être très agressive, provenant de sociétés ayant des modes de fonctionnement (sociaux ou économiques) différents.

Seuls, maintenant, et ne concernant pas les besoins fondamentaux et primaires assurés par la Collectivité, des partenariats étrangers jugés équitables par les Collèges concernés peuvent être envisagés avec la Collectivité.

M. Lambda : « La Collectivité, à travers ses principes et sa structure, veille toujours à ce que, dans toute la mesure du possible, ses choix, évolutions, changements, profitent, au sens le plus large possible, aux Citoyens de la Collectivité. Et ceci ne cesse d'aller croissant. »

Mme Lambda : « Me revient à l'esprit la définition qu'on nous avait donnée à l'école, en cours de biologie, des écosystèmes. »

Lui : « C'est-à-dire !? »

Elle : « Un écosystème est un « transfert d'énergie avec transformation de la matière ». »

Lui : « Nous avons crée une forme d'écosystème social équitable, où il n'y a pas de prédateur. »

Elle :   « Oui, une société Humaine par la répartition et la participation équitables de tous pour chacun et chacun pour tous. »

D'autre sociétés ont pris modèle et ont instauré notre Système Collectif.

Les relations avec ces autres Collectivités vont dans le sens d'une uniformisation. »

Ce sera le sujet de la TROISIÉME PARTIE :
« L'EXPENSION »

GLOSSAIRE

Aborigène : Autochtone dont les ancêtres sont à l'origine du peuplement d'un territoire.

Action : Titre de propriété délivré par une **société de capitaux**, c'est-à-dire une société constituée relativement aux capitaux apportés par les associés. L'action confère à son détenteur (**Actionnaire**) la propriété d'une partie du capital de la société, avec les droits qui y sont associés : intervenir dans la gestion de l'entreprise et en retirer un revenu appelé **dividende**, c'est-à-dire un versement par l'entreprise à ses actionnaires, qui peuvent eux-mêmes, en Assemblée Générale, décider de ces versements et de leur montants.

Actionnaire : Investisseur en capital et type particulier d'associé. Il est propriétaire d'une valeur mobilière, l'action.

Agora : Lieu public où chacun peut s'exprimer et avoir accès à l'information collégiale.

Ambassadeur : Représentant d'un Etat auprès d'un autre, ou parfois d'une organisation internationale.

Anarchie (synonyme de : **Anarchisme**) : Conception politique et sociale qui se fonde sur le rejet de toute tutelle gouvernementale, administrative ou religieuse et qui privilégie la liberté et l'initiative individuelles.

Asphalte : (Dans les travaux publics) Mélange de bitume et de granulats.

C'est un matériau ne comportant pas ou très peu de vide, contrairement à l'enrobé bitumeux. Il n'est pas utilisé pour la couche supérieure des chaussées.

Besoins fondamentaux : Besoins liés directement à la survie (manger, boire, se loger, se vêtir, dormir, revenus, se soigner)

Besoins primaires : Besoins de faire partie intégrante d'un groupe cohésif, sécurité physique, morale et psychologique, estime, respect.

Besoins secondaires : Besoins d'auto accomplissement (se réaliser en fonction de ses aspirations personnelles).

Bien Commun : Ensemble du patrimoine matériel ou immatériel de la communauté humaine.

Bitume : Matériau obtenu par distillation de certains pétroles bruts.
Il peut être présent naturellement dans l'environnement.

Bourgeoisie : Classe sociale qui possède les moyens de production d'une société capitaliste et qui, de ce fait, est la classe dominante de cette société.

Brevet : Titre de propriété industrielle qui confère à son titulaire un droit exclusif d'exploitation sur l'invention brevetée.

Bureau Collectif : Centre administratif local de la collectivité.

Capital humain : Le capital humain est l'ensemble des aptitudes, talents, qualifications, expériences accumulées par un individu et qui déterminent en partie sa capacité à travailler ou à produire, pour lui-même ou pour les autres.

Citoyen : Personne jouissant, dans la Collectivité, des droits civils et politiques et astreinte aux devoirs correspondants.
Ce mot s'étend, avec nuances, dans le nouveau système à la défense.

Civique : Relatif au Citoyen, à ses droits, à ses devoirs, à son rôle dans la vie de la Collectivité.

Classe sociale : Groupe social de grande dimension (Ensemble de personnes ayant des caractéristiques ou des buts communs, différent de « profession ») dans une hiérarchie sociale de fait et non de droit (différent de « Caste » ou « Ordre »), se distinguant par son mode de vie (habitat, éducation, travail, …), son idéologie, ou par sa place dans le processus de production, réelle et vécue comme telle par ceux qui la composent (**Conscience de classe).**

Code Fondamental : Ensemble des règles de base incontournables du fonctionnement de la Collectivité et sur lesquelles s'appuient les débats des collèges

Collectivité : Ensemble de la société hors secteur privé.

Collège : Ensemble d'un nombre fixe de citoyens élus par les membres de la population qu'il représente.

Collège de Gérance : Collège élu par les travailleurs d'une même Entreprise Coopérative Collective (ECC) pour un mandat impératif de gestion de cette ECC.

Collège Majeur : Celui qui prend les décisions majeures pour la Collectivité.

Collèges Populaires : Collèges de base composés d'élus au sein d'un Quota Citoyen d'un même secteur.

Collège supérieur : Collège représentatif d'un ensemble de Collèges d'un même secteur collectif.

Collèges Travailleurs : Collèges de base composés d'élus au sein d'un Quota Travailleur (Nombre fixe de travailleurs d'un secteur déterminé, listé par ordre alphabétique de nom de famille.

Communisme (du latin *communis* – commun, universel) : Ensemble de doctrines politiques issues du socialisme ainsi qu'une formation économique et sociale caractérisée par la mise en commun des moyens de production et d'échange avec répartition des biens produits suivant les besoins de chacun et suppression des classes sociales ainsi que l'extinction de l'État qui devient l' « administration des choses ».

Composés pétrochimiques : Composés chimiques de base issus du pétrole ou du gaz naturel.

Corps intermédiaires : Groupes sociaux et humains situés entre l'individu et l'État, indépendants et autonomes, visant à atteindre le ou les objectifs communs aux personnes qui les composent (partis politiques, syndicats, chambres de commerce et d'industrie, divisions administratives du territoire, …)

Déflation : Gain de pouvoir d'achat de la monnaie qui se traduit par une baisse durable du niveau général des prix.

Démocratie : Forme de gouvernement dans laquelle la souveraineté émane du peuple.

Démocratie directe : Régime politique dans lequel les citoyens exercent directement le pouvoir, sans l'intermédiaire de représentants.

Dette publique : Ensemble des engagements financiers pris sous forme d'emprunt par un État.

Dette publique intérieure : Dette détenue par des agents économiques résidents de l'État émetteur.

Dette publique extérieure : Dette détenue par des préteurs étrangers.

Dividende : Versement d'une entreprise à ses actionnaires.
Ceux-ci le reçoivent sans contrepartie et demeurent propriétaires de leurs actions.

Ce sont les actionnaires eux-mêmes, réunis en Assemblée Générale qui peuvent décider de se l'attribuer.

Droit d'auteur : Ensemble des prérogatives exclusives dont dispose un créateur sur son œuvre de l'esprit originale. Il se compose d'un droit moral et de droits patrimoniaux.

Droit moral (d'auteur) **:** Paternité de l'œuvre, droit de divulgation et droit au respect de l'œuvre. Ces droits moraux sont inaliénables, perpétuels et imprescriptibles : un auteur ne peut pas les céder. Ils n'expirent pas et il est impossible d'y renoncer.

Droits patrimoniaux (d'auteur) **:** Rémunération de l'auteur pour chaque utilisation de son œuvre.

Économie réelle : Désigne l'activité économique locale et concrète pour les habitants, citoyens, les ménages, les entreprises et les collectivités qui produisent ou consomment réellement des biens et services, en dehors de sa partie spéculative, c'est-à-dire hors de la finance et de la bourse.

Enrobé bitumeux : Mélange de sable, graviers et liant hydrocarboné (comme goudron ou bitume). Il est utilisé pour constituer la couche supérieure des zones de circulation.

Entreprise Coopérative Collective (ECC) : Entreprise collective de production de biens ou de services.

Exclusion sociale : Relégation ou marginalisation sociale d'individus, ne correspondant pas ou plus au modèle dominant d'une société.

Entomophagie : Consommation d'insectes par l'Être humain.

Facteurs de production : Ressources mises en œuvre dans la production de biens ou de services.

Imposition : Contribution au Bien Commun.

Impôt : Quota d'investissement personnel dans la Collectivité donnant accès à la redistribution équitable de la richesse provenant du Bien Commun.

Journal Collégial : Hebdomadaire papier de la Collectivité exclusivement consacré aux événements qui lui sont propres.

Légitime : Fondé en raison, en justice, en équité.

Localité : Lieu déterminé constituant une entité géographique.

Magistrature : Charge attachée à un pouvoir de décision ayant autorité sur le commun exercé par un magistrat.

Mandat impératif : Pouvoir délégué à un individu ou un Collège élu en vue de mener une action définie dans sa durée et dans la tâche selon des modalités précises auxquelles il ne peut déroger sans l'avis favorable des déléguant.

Mandat représentatif : Mandat politique qui possède la caractéristique d'être général, libre et non révocable. C'est-à-dire que le représentant peut agir en tous domaines à sa guise car il n'est pas tenu de respecter les engagements qu'il aurait éventuellement pris devant ses mandants.

Matières plastiques nobles : Matières plastiques bio-sourcées (issues de la biomasse), biodégradables (décomposition assez rapide de la matière organique par des micro-organismes qui la convertissent en molécules simples utilisables par les plantes) ou composables (processus biologique aérobie de valorisation des substances organiques en un produit stabilisé semblable à du terreau : le compost), ou les deux, non issues de ressources fossiles.

Oligarchie : Forme de gouvernement où le pouvoir est réservé à un petit groupe de personnes qui forment une classe dominante.

Ordre du Jour Collectif : Ordre du jour débattu simultanément dans toutes les Agoras du Territoire Collectif.

Paupérisation (du latin *pauper*, pauvre) : Appauvrissement continu d'un individu, d'un groupe d'individus, ou d'un type de population, tel une classe sociale.

Produit : Bien matériel né d'une activité humaine.

Produits pétroliers : Dérivés utilisables issus du raffinage du pétrole brut.

Produit Intérieur Brut (PIB) : Valeur totale de la « production de richesse » par les agents économiques résidant à l'intérieur du territoire d'un pays.

Prolétariat : Classe sociale composée des salariés et des chômeurs qui, pour pouvoir vivre, sont obligés de vendre leur travail à la bourgeoisie.

Propriété : Possession d'un bien meuble ou immeuble ou d'une production intellectuelle.

Propriété Collective : Le Bien Commun.

Propriété industrielle : concerne les œuvres de l'esprit ayant une utilisation industrielle (créations utilitaires comme le brevet d'invention ou un droit de protection sui generis comme les marques commerciales, noms de domaines, appellations d'origine, obtentions végétales, …).

Propriété intellectuelle : Domaine comportant l'ensemble des droits exclusifs accordés sur des créations intellectuelles.

Propriété littéraire et artistique : Concerne les œuvres de l'esprit n'ayant pas d'utilisation industrielle.

Propriété privée : Ensembles des biens matériels et immatériels appartenant à une ou plusieurs personnes.

Quota Collégial : Nombre d'élus d'un Collège.

Quota Citoyen : Nombre fixe de citoyens d'un secteur déterminé, listé par ordre alphabétique de nom de famille.

Richesse : Valeur que représente socialement, collectivement et matériellement le Bien Commun ainsi que la valeur de tout ce qui n'appartient pas au Bien Commun.

Salaire Fondamental : Salaire que reçoit chaque citoyen qui accomplit pleinement sa participation légitime obligatoire au Bien Commun.

Salaire Supplémentaire : Salaire perçu au-delà du salaire Fondamental.

Senior : Citoyen ayant effectué son « temps de carrière raisonnable ».

Service : Fourniture d'un bien immatériel.

Service Collectif : Administrations relatives uniquement à tout ce qui est obligatoire pour chaque citoyen ou la Collectivité.

Socialisme : Recherche d'une organisation sociale et économique plus juste.

Le but originel du socialisme est d'obtenir l'égalité sociale, ou du moins une réduction des inégalités dans une société sans classe sociale dans un but de justice dans le travail, la rétribution, l'éducation, le logement, …

Spéculation financière : Opération, ou une série d'opérations, d'achat et de vente de titres financiers ou monétaires sur un marché organisé (Bourse) ou de gré-à-gré dans l'objectif de tirer un bénéfice de la variation de leur cours.

Succession : Transmission d'un pouvoir, d'une responsabilité, d'une charge, ou d'un patrimoine.

Surface de roulement : Plan supérieur de revêtement de la chaussée qui supporte directement les charges du trafic.

Taxation : Prélèvement sur des produits ou des services.

Taxe Unique : Taxe en pourcentage unique payée pour toute valeur ajoutée, perçue en bénéfice, dans le circuit commercial.

Temps de carrière raisonnable : Durée de travail dans la Collectivité donnant droit au statut de Senior dans la Collectivité.

Temps de travail raisonnable : Quota individuel adéquat.

Travail : Tout ce qui produit de la richesse (matérielle, intellectuelle, ...).

Travail de base : Celui permettant l'entretien du Bien Commun.

Trésor Public : Valeur que représente le Bien Commun.

Unité de Population Locale (UPL) : Périmètre cohérent contenant, sans distinction, un Quota Collégial de citoyens listés par ordre alphabétique de nom de famille.

DU MÊME AUTEUR

FRESQUE DES TEMPS MODENES (collection poétique)

Tome 1
Tome 2
Tome 3
Tome 4

SKETCHES ET SCÉNETTES À GOGO

Tome 1
Tome 2

BRÈVES PENSÉES

Tome 1

POUR UNE COLLECTIVITÉ ÉQUITABLE

Première partie : La base

Éditeur : BoD-Books on Demand, 12/14 rond point des Champs Élysées, 75008 Paris, France
Impression : BoD-Books on Demand, Norderstedt, Allemagne
ISBN : 9782322103430
Dépôt légal : Juin 2019